ベリーズ文庫

内緒でママになったのに、一途な脳外科医に愛し包まれました

若菜モモ

JN020292

STARTS
スターツ出版株式会社

目次

内緒でママになったのに、一途な脳外科医に愛し包まれました

特別書き下ろし番外編

内緒でママになったのに、
一途な脳外科医に愛し包まれました

プロローグ

目を覚ますと、隣でにこにこと手足をバタバタさせる三カ月の息子、楓真《ふうま》に笑みを漏らす。

「楓《ふう》くん、おはよう」

私の大変さを知っているかのように、彼は手がかからない。

髪は光に透けると金髪に見えるほどのブラウンで、目もぱっちり大きい。

去年の十二月、予定日を一週間も過ぎて心配だったが、無事に生まれてきてくれて安心した。

シングルマザーとして歩んでいくことに不安はもちろんあったけれど、優しい人たちのサポートのおかげで妊娠期間を平穏に過ごせて、楓真を抱くことができた。

遠いフィラデルフィアの地で、蒼《そう》さんと恋に落ちて楓真を宿したが、彼が夫になることはなかった。

今頃どうしているだろうか。

神の手を持つと言われる蒼さんは、まだフィラデルフィアの大学病院で人々の命を救っている？

数分間、蒼さんの美麗な顔を思い出して胸が切なさにギュッとなったが、その思いを振りきるようにして首を左右に振る。

「さてと、起きなきゃね」

楓真のプクッとした頬をチョンとなでて、布団から抜け出した。

一、執刀医との出会い

渋谷《しぶや》駅と原宿《はらじゅく》駅のほぼ中間地点にある『スプリング・デイ・ホテル』で私、春日《かすが》芹那《せりな》は働いている。

四階建ての部屋数が五十室あるこのホテルは伯父夫婦が経営しており、私は四年制の私立大学を卒業してから働き始めて三年目になる。高校生の頃からここでアルバイトをしてきたので、二十五歳になった現在もほぼ変わらない業務内容をこなしている。

社長の春日勝俊《かつとし》さんは父の兄で、現在五十六歳。恰幅がよく、厳めしい顔つきであまり笑わない。妻の雅美《まさみ》さんは副社長。肩までのボブで、目鼻立ちがはっきりしていておしゃれだ。ふたりの息子、渉《わたる》さんは私より五歳年上の三十歳で専務取締役。私は彼のことをプライベートでは〝渉兄さん〟、職務中は〝専務〟と呼ぶ。

従業員は二十人ほどで、私の担当は一応フロント業務だが、実際は多様な仕事をしている。

朝食ブッフェの準備はもはや毎日のこと。客室清掃もフロントの手が空いているときに手伝いに入る。これもほぼ毎日だ。

仕事は嫌いではないし、育ててくれた伯父夫婦に恩があるのでできるだけ精いっぱい働きたいと思っている。

両親は私が一歳のときに交通事故で他界した。そのとき一緒に車に乗っていた私は、母がベビーシートに覆いかぶさってくれたおかげで無傷だったと聞いている。

アメリカ人の母と日本人《にほんじん》の父が出会ったのは私が生まれる一年前で、留学中の母と同じ大学に在籍していた父が恋に落ちた。

母はアメリカに住んでいる両親から結婚を許してもらえず、婚姻届は提出しないまま対外的には夫婦として暮らし始めたという。推測でしかないけれど、いつかアメリカの両親に許しを請いに行くつもりだったのかもしれない。

物心がつくまで自分は伯父夫婦の子どもだと思っていた。伯父夫婦はいつも渉兄さんだけに優しく接し、私がつらくあたられることはなかったが、常に三人と自分との間にどこか見えない壁を感じて寂しい気持ちを抱いていた。

もちろんアメリカ人の母の血を引いているので、容姿は生粋の日本人とは違う。色素の薄いブラウンの髪と目。ひと目見れば伯父夫婦の子どもではないことは一目瞭然ではあった。でも、それは物心がつかなければわからない。

伯父たちとの関係を寂しがる私の気持ちを察したのか、小学校三年生の頃に祖母から伯父夫婦は本当の親でないことを伝えられた。寂しい気持ちはあったものの『その代わりおばあちゃんがいっぱい優しくするからね』と言ってくれて、優しい祖母の愛に守られて育った。

しかし、高校受験の勉強に力を入れ始めた頃の秋、祖母は心臓の病気で他界してしまった。

唯一、私を愛してくれた祖母が亡くなったときはショック状態で、なんとか通学はしたが保健室で休ませてもらうことが一カ月ほど続いたのを覚えている。

常に伯父は冷淡、伯母はおそらく私を嫌っておりしばしば理不尽な言葉を投げつけてきた。それは今も同じだ。血のつながらない子どもを育てなくてはならなかったのだから、仕方のないことかもしれない。

自宅はホテルの敷地内にあり、６ＬＤＫの二階建て。私は一階の玄関横の六畳の和室を与えられている。もともと祖母と一緒に過ごしていた部屋だ。

ベッドとクローゼット、ドレッサーのみのシンプルなインテリアで、私が唯一ホッとできるところだ。

「おはようございます」

長袖のトレーナーにジーンズ、その上にグリーンのエプロンを身に着け、すっぴんのままブッフェスタイルの朝食を提供するレストランの厨房へ入る。

「芹那ちゃん、おはよう。忙しさも一段落ね」

近くに住む五十代の女性、山田《やまだ》さんはもうひとりの女性とシフトを組んで朝食ブッフェの準備をする短時間だけうちで働いてくれている。

「はい。でも今日もほぼ部屋は埋まっていますから、あまり変わりないかな」

今は二月の中旬で、昨日まで旧正月だった中国《ちゅうごく》からの宿泊客で満室だった。

ホテルは一泊朝食付きのプランで統一されている。ひとつだけあるレストランは朝食会場になっており、ランチタイムにはカフェとして営業、夜は多国籍料理が楽しめて、昼からはいずれも宿泊客でなくても利用できる。ほかにはバーが併設されており、こちらも同様だ。

四年前、渉兄さんの考えでSNS映えするようなメニューや店内にリニューアルして以来大好評で、現在は休みが取れないほど忙しくなっている。

場所柄、地方から東京《とうきょう》に遊びに来た若い男女や、旅行で日本に来ている外国人の利用客が多い。

朝食ブッフェは和食と洋食を用意し、お客様が自由に食べてもらえるようにたくさん作っている。

「芹那ちゃん、大丈夫？　夜遅くまで仕事をしているのに、朝も早いから体を壊すんじゃないかといつもひやひやしているのよ」

「平気です。夜遅くまでといっても、九時には自室にいて、外国人のお客様の対応で呼ばれるくらいですし」

「それでは自宅にいてもおちおちゆっくりできないじゃないの」

「そうですが、もうとっくに慣れました」

笑顔を向ける私に、山田さんは仕方ないわねと苦笑いを浮かべて仕事に戻る。

山田さんがお米をといでいる間、私はサラダの用意をする。

業務用冷蔵庫からレタス、キュウリ、トマトなどの野菜を出し、手際よく切っていく。毎日のことだし、高校生の頃から手伝っているので短時間で用意できるようになった。

ポテトサラダ用にじゃがいもの皮をむいたり、コーン缶を開けたりと、七時からの朝食ブッフェに間に合わせるように黙々と準備をしていった。

山田さんが作るお味噌汁のいい匂いがしてくる。そこまできたらブッフェテーブルに用意をするだけ。

残り十五分。ブッフェウォーマーの上に温かい料理を置き、食パンやバターロールなどを乾燥しないように透明のケースに入れ終えた。

「山田さん、お疲れさまでした」

「お疲れさま。芹那ちゃん、前から思っていたんだけれどね。こんな苦労する職場じゃなくてもほかに働き口がいくらでもあるんじゃないのかしら？　芹那ちゃんはかわいいし。あ、芸能プロダクションからいくつか声をかけられたんじゃない？」

「声をかけられたのは高校生から大学生の頃ですよ。二十五歳の私なんてもう相手にされません」

表参道《おもてさんどう》から原宿を通り自宅へ戻るときに何度かそういうこともあったが、あの頃はぴちぴちの学生だったからだ。

いわゆるハーフ顔というわけでもない。鼻梁はまあまあ高く二重のぱっちり目ではあるけれど、母由来のアメリカ人要素は少ない。色素の薄いブラウンの髪と目を除けば日本人と言ってもわからないレベルだと思う。子どもの頃の方が母に似て濃い顔だった。

身長は百六十三センチで、とりあえず出ているところは出て、引きしまるところは引きしまっている。だけど、社会人になって働きずくめの日々を送っているから、若干疲れきった顔に見られるかもしれない。

「あらまあ、〝まだ二十五歳〟でしょう。それに綺麗《きれい》よ。事情はわかっているけど、不憫《ふびん》でね」

山田さんは祖母とも仲がよかったから、私の諸事情は理解している。

「こうしてお料理するのは嫌いじゃないですし、いろいろな国の方との会話も楽しいので、今のままで満足しています」

「芹那ちゃんがそう言うのなら、強くは言えないわね……」

山田さんはそう言って小さくため息をついた。

朝食ブッフェの提供は七時から九時三十分までで、休憩室で食事を済ませたらロッカールームで制服に着替え、十一時までのチェックアウトに合わせて十時三十分にはフロントに立つ。

フロント業務は十一時前とチェックイン開始の十五時直後が忙しい。来客が落ち着く時間は客室清掃を手伝いに行く。

フロントスタッフは私を含めて三人。忙しい時間にふたり体制で対応できるようシフトを組んでいる。ひとりは中国人の二十代後半の女性、周《しゅう》さんで、日本語、母国語と英語のトリリンガル。もうひとりは日本人の二十代前半の女性、峯森《みねもり》さん。彼女は英会話が少しできる程度だ。

私は祖母のおかげで三歳くらいから英会話教室に通わせてもらい、ずっと英語に興味があり学生の頃の試験は毎回よかった。大学でも英文科に進み、ある程度の会話なら問題ない。

フロントへ行くと渉兄さんひとりが立っていた。

身長百七十センチほどで、つり上がった印象の目にシルバーフレームの眼鏡をかけている。以前は外国人客がほとんど泊まることのなかったホテルを変えた人だ。

「芹那、周さんが風邪で休みだ。今日はずっとフロントにいてくれ」

「わかりました」

渉兄さんは高級腕時計を見つつ、バックヤードへ入っていく。

以前は渉兄さんもフロントスタッフだったが、現在は宣伝業務に注力しておりバックヤードのオフィスで仕事をしている。今日のようにフロント人員が足りない場合は彼が代わりに入ることになっている。

それから何組かの宿泊客がチェックアウトにやって来て、対応に追われた。

パソコンの端末からチェックアウトの部屋を確認しているところへ、インドネシア人の男女が現れた。

十五組のチェックアウトをテキパキと終わらせ、ホッと息をつく。

お客様がばらけて来てくれたので、ほとんど待たせることはなかった。

『部屋は清潔で、朝食はおいしかった。また来ます』と言ってもらえるのがうれしい。

午後のチェックインの宿泊客のために今頃は客室清掃が入っているだろう。

時計を見れば十二時近い。午後のシフトである峯森さんが来るのは十四時なので、私はその後ランチ休憩となる。


「芹那！」

十五時過ぎにチェックインを数組終わらせたところで、バックヤードの事務所にいる伯母から厳しい声で呼ばれる。

フロントを峯森さんに任せ、デスクにいる伯母のもとへ向かう。

「二〇五号室のお客様からクレームよ。洗面所の床に毛が落ちていると。掃除もまともにできないの？　早く行ってきて」

「わかりました。すぐに行きます」

先ほどチェックインした日本人の女性客ふたりだ。

私が清掃をしたわけではないが、伯母は直接客室清掃スタッフには言わず、毎回私に処理をさせる。

掃除道具を持って二〇五号室へ歩を進める。ドアをノックすると中から開き、チェックインしたばかりの記憶にある若い女性が顔を覗《のぞ》かせた。

「洗面所の床が汚れていたとのことで、申し訳ございません。すぐに掃除させていただきます」

「せっかく楽しい気分で来たのに、汚いと残念な気持ちになっちゃいますから気をつけてください」

若い女性は不服そうな表情で体を横にずらして私を入室させる。

「申し訳ございません」

平謝りで歩を進め、左手にあるドアを開けて汚れを確認する。

クレーム理由の毛髪は三本ほど落ちており、掃除機をかけてから雑巾で拭き上げた。屈んでいた体を起こし掃除道具を片づけ、念のためバスルームを開けて確認すると問題ないので洗面所を出る。

「ご迷惑をおかけいたしました。またなにかございましたらフロントの方までご連絡くださいませ」

おそらく同年代だろう。ソファに座っている彼女たちに頭を下げると、掃除道具を持って退出した。

事務所に戻り伯母のもとへ歩を進める。

「掃除してまいりました」

「まったく、客室清掃の管理も満足にできないの？　部屋が汚いなんてレビューを書かれたら大変なことになるのよ？」

「はい。申し訳ございません」

伯母に頭を下げる。

渉兄さんはデスクでパソコンを開いているが、伯母の性格を熟知しているから面倒に巻き込まれたくないのか見て見ぬフリをしている。

社員数が少ない中、管理をしているのは伯母だ。威圧的な伯母にスタッフの誰も異議を唱えることをしないし、私自身も育ててくれた恩があるから強くは言えない。

伯父夫婦にとって、祖母の存在は私にきつくあたらないよう抑止力になっていた。

しかし祖母の他界後、伯父夫婦の対応のひどさが顕著になった。

それでも育ててくれた恩はしっかり返したいので、反発もせず仕事に従事している。

「気をつけなさい。行っていいわ。あ、今度の休日に家の納戸の整理をお願いね。ごちゃごちゃしていて、しまいたい物も入れられないから」

「わかりました。失礼いたします」

伯母のもとを離れてフロントへ戻る。

次の休日は周さんが風邪から復帰してからだ。

フロントに立ってすぐ背後から「芹那」と声がかかり振り返ると、渉兄さんがうしろにいた。

「また母さんにいびられてたな。そのどんくささもそろそろ直したらどうだ？」

「すみません、気をつけます。清掃スタッフの注意は専務からお願いします」

私が気をつけるように言うよりも、彼から伝えた方が気持ちの引きしめ方が違うだろう。

渉兄さんは「わかった」と返し、事務所へ戻っていく。

「副社長の声、ここまで聞こえてきました。芹那さんのせいじゃないのに……」

引き続きフロント業務をしていた峯森さんが顔をしかめる。

伯母の声は高音なのでよく通るのだ。

「円滑に進めるためには仕方ないことなのよ」

副社長である伯母が私にきつくあたるのは社員たちも知っている。

時刻は十七時を回っており、格子状の木枠の自動ドアから若い男女が入ってくる。

「いらっしゃいませ」

ふたりはフロントへ近づく。

「レストランを予約しているのですが。高松《たかまつ》です」

すかさずレストランの予約表を確認する。

「承っております。ただいまご案内いたします」

峯森さんにフロントを任せ、左手にあるロビーの先にあるレストランへお客様を案内する。

店内は照明が若干落とされ、木目調の天板の各テーブルにキャンドルが飾られている。窓の向こうに庭があり、そこにはブルックリンスタイルのソファセットが五組ほど配置されており、食事とお酒などが楽しめる空間になっている。

頭上には放射線状にいくつものランタンがぶら下がっており、おしゃれだとSNSで人気になった庭だ。

レストランスタッフの男性にお客様を引き渡し、フロントへ戻った。

その後も常に来客があり対応し続けて、夜になって渉兄さんと交代する形でようやく持ち場を離れた。

レストランで作ってくれているまかないの夕食を休憩室で食べ、フロントで明日の準備をしてから二十一時過ぎに裏口から出て家へ向かう。

家はレストランの庭の反対側にあるため、楽しそうで賑やかな声が聞こえてきた。

風邪をひいた周さんは二日休んで仕事復帰した。

ひとり休むと人手が足りず、いつにも増して忙しかった。ようやく休日だ。

疲弊しすぎてこの二日間は心ゆくまで寝ていたいが、家にいればなにかと伯母にやることを言いつけられてしまうので、できるだけ外出するようにしている。

出かけるといっても、カフェや映画くらいだ。学生時代の友人と休みが合えば約束することもある。近所のカフェにたまに行くのが私のぜいたくな過ごし方だ。

今日は伯母から言われていた納戸の整理をする予定で、明日は高校から大学の英文科まで一緒だった近藤初音《こんどうはつね》と彼女の車でドライブに行くことになっている。初音は現在、大手航空会社『ALL AIR NIPPON』通称AANの国際線キャビンアテンダントとして働いている。

世界中を飛び、休日はおしゃれなカフェや好きなところへドライブする彼女と私とでは真逆の生活で正直うらやましいが、初音からいろいろな話を聞くのは大好きだ。

とても気が合い、ずっと親友でいる。悩みを打ち明けられるのも初音しかいない。

九時に目を覚まし、出勤しない自由を噛みしめてから布団を出た。

「さてと、納戸の掃除をしなきゃね」

その前に近くのチェーン展開しているコーヒーショップへ行き、ブランチをしてくるつもりだ。

大学を卒業してから私はほとんど家で食事をしていない。いや、食事はするが、まかないやコンビニで買ったものを部屋で食べている。

伯母は料理が好きではなく、伯父も渉兄さんも家での食事はほとんどがホテルのレストランから運ばせたものだ。


コーヒーショップでカフェオレと、海老とアボカドの入ったパニーニを口にしながら、スマホで電子書籍を読む。大好きなイギリス人作家の推理小説だ。

著作はたくさんあるが、いつも仕事に追われなかなか読む時間を捻出できていない。

この作家を教えてくれたのは、私が脳腫瘍で倒れ、手術をしてくれた執刀医の朝霧《あさぎり》先生だった。

二週間の入院期間はやることがなく、ふらりと病室に現れた朝霧先生が『退屈そうだな。これでも読む？　推理小説だが』と言って、文庫本二冊を置いていってくれたのだ。

大学四年生まで推理小説を読んだことがなく、読み進めながら犯人が誰かなど考えるのは楽しかった。

退院するときに返そうと看護師に朝霧先生の居所を尋ねたら、昨日アメリカの病院へ行ってしまったと言われ、二冊の推理小説は返却できなかった。

この話、朝霧先生も読んでいるかな……。

私は三年前の記憶を呼び起こした。

◇◇◇

大学の卒業を控えた一月、親友の初音と渋谷で映画を観て、遅いランチ後ブティックビルで彼女が服を選んでいたとき、私は頭のひどい痛みに耐えられずその場にしゃがみ込んだ。

朝から頭痛がしていて頭痛薬を飲みやり過ごしていたが、今まで感じたことのない痛みに意識を失い、救急車で大きな病院へ運ばれた。

信じられないことに、脳腫瘍が見つかり緊急手術になったと、後で武藤梢《むとうこずえ》さんが教えてくれた。

もうすぐ五十歳になる梢さんは、ホテルの客室清掃スタッフとして長年働いており、私のことを親身になってくれる母みたいな存在の人だ。

腫瘍は良性で安堵した。

そのときの手術の執刀医が信じられないほど素敵な先生だった。

名前は朝霧蒼先生で、年齢は知らないが三十代後半くらいかなと思っている。優秀な外科医だというので、若すぎるということはないはずだ。

モデルにもなれそうなほどの精悍なマスクで若く見える。だけど実際に若ければ経験が浅いはずなので、難しい手術の執刀医になどなれないだろう。

私の意識がはっきりした二日後、ブルーのスクラブに白衣姿の朝霧先生が病室に現れて、どんなふうに腫瘍を切除したかを説明してくれた。

そのときの朝霧先生はとても静かな口調で落ち着いた雰囲気だった。

「手術は成功しましたが、年一度の検査はするように」

思ってもみなかった病気だったが、後遺症もなく安堵した。

病室はふたり部屋で、入院したとき年配の女性がいたが三日後に退院し、今は私ひとりだ。四人部屋が満室で病院側の都合なので、料金も上がらずに使わせてもらっている。

「芹ちゃん、痛みはどう？　食欲は出てきた？」

梢さんは毎日仕事終わりに来てくれる。

髪の毛は肩より少し長く、いつもうしろでひとつに結んでいる。

大抵私の夕食時間なので、どれだけ食べられるか母のような眼差《まなざ》しで見守ってくれるのだ。

「梢さん、疲れているのに毎日来なくていいですよ」

「洗濯物あるでしょ。必要なものだってまだ下のコンビニに買いに行けないのに」

「なにからなにまで本当に感謝しています」

梢さんは二十代後半に結婚をしたが、性格の不一致で別れたらしく子どもはいない。

実母が生きていたら同年代ということもあり母親のように慕っていて、梢さんも娘のようだと常に親身になってくれる。本当に優しい人だ。

「副社長は？」

伯母が来たかを尋ねられ、小さく頭を横に振る。

「姪だというのに、ひどい人ね。社長も」

「ホテルが忙しいですし……」

「芹ちゃんは働きすぎだったのよ。大学もあるのに。神様が少し休みなさいって言ってるの」

「梢さんも働きすぎだから、明日は来ないでいいですからね」

「あら、来てほしくないの？」

頬を膨らませる梢さんに慌てて顔の前で手を振る。

「そ、そうじゃなくて……」

するとと梢さんは破顔する。

「わかっているわよ。私を心配して言ってくれているんでしょう？　明後日来るわね」

「はいっ。そうしてください」

三十分ほどで梢さんは私のパジャマと下着を持って帰っていった。

本当に助かる……親戚でもない梢さんが毎日来てくれるのに……。

伯父夫婦は手術の説明を受け同意書にサインをしてから現れなかったが、一週間が経った頃、伯母だけが病室に姿を見せた。

「まったく二週間も入院だなんて」

伯母は迷惑そうに口を尖《とが》らせる。

「……すみません。あと一週間で退院できるはずです」

「私は忙しいのよ。病院代がわかったらメッセージを送って。振り込んでおくから」

「わかりました。よろしくお願いします」

体を気遣う言葉がひと言もなくて内心傷つきながら返答する。伯母の無関心さは普段同様なのだが、病気で気持ちが弱っているのかもしれない。

伯母が帰ってからベッドの上に体を起こしたままぼんやりと窓の外を見ていたところへ、朝霧先生がふらりとやって来た。

「調子はいかがですか？」

朝霧先生はベッドにかかっているバイタルチェックシートを確認する。

説明をしてくれたときと同じようにブルーのスクラブに白衣、胸のポケットに聴診器がのぞいている。

美麗で一見冷たそうな顔だが、尋ねる表情は目じりが若干下がっていてやわらかく見える。

キリッとした眉の下にある切れ長の目、高い鼻梁、唇の形は薄くもなく厚くもなく整っており、顔それぞれのパーツのすべてにおいてバランスがいい。

院内にファンクラブがあるのではと思うほど、人を惹きつける魅力がある。

昨日も看護師たちが朝霧先生の噂をしているのを耳にした。それによると、朝霧先生は『仕事一辺倒でまったく女性に興味がないらしい』『すごくモテるが、全員振られている』という話だ。

「傷口が疼《うず》く感じです」

「担当医から傷口も順調だと聞いているから安心してください。微熱があるが、気になる程度じゃないです」

女性患者は素敵な朝霧先生にドキドキしてしまうのでは……。

「春日さん？　聞いてる？」

「え？　あ、はいっ。傷口も順調と」

朝霧先生はふっと表情を緩ませて見つめてくる。

その眼差しに、ドクンと心臓が高鳴った。

「ま、間違っていますか……？」

「いや、絶対に無理はするなよ」

さっきまで敬語だったのに、親しみの湧く優しい声をかけられて思わずときめく。

朝霧先生の言葉を支えにがんばる気力が出てきたかも。

二日後、昼食を終えて窓の外を眺めていると、高身長で、長時間の手術にも耐えられるであろう体躯の持ち主がベッドの横に立つ。

「春日さん、疼きはどうかな？　昼食は少し残したと聞いたが？」

「ほとんど痛みません。動かないのでそれほどおなかが空かなくて……」

彼はベッドの足もとにぶら下がっているバイタルチェックシートを手に取って、確認している。毎回来るとチェックし、私の状態を診てくれる。

「平熱か。問題なさそうだ。退屈そうだな。これでも読む？　推理小説だが」

白衣のポケットから文庫本を二冊出して渡してくれた。

毎日が忙しいので小説を読む時間はほとんどなく、手の中にある推理小説の作家の名前もまったく知らない。

でも、本当に退屈していたところだったのでうれしい。

「ありがとうございます。することもなくて……お借りします」

「俺が好きなイギリス人作家だが、女性が好むかはわからない。少し読んでみて合わなかったら無理に読まなくていいよ。このせいで頭が痛くなったら困るから」

「今ならどんな難しい本でも読めそうです。うれしいです」

「それと、これを」

もうひとつのポケットからかわいいクッキー缶を出して、オーバーベッドテーブルの上に置く。

「わっ、人気のクッキー缶です。いいんですか？」

「もらいものだ。どうぞ」

「すっごくうれしいです！」

このクッキー缶は小さいのに高価で、節約している身としては手が出ないものだった。頼れる人もいないし、なにかあったときのためにできる限りお金は貯めている。

その後、少し会話をしているうちに気持ちが温かくなるのを感じた。

「先生、本当にありがとうございます」

「じゃあ。読書はほどほどに」

朝霧先生はふっと口もとを緩ませて病室を出ていった。

先生、優しい。

クッキーの賞味期限はまだまだある。梢さんと初音と分けて食べよう。

備えつけの棚の引き出しにクッキー缶をしまったとき、渉兄さんが姿を見せてびっくりした。

「渉兄さん」

「どう？」

「だいぶいいです」

まさか来るとは思ってもみなかったので、あぜんとする。

「近くまで来たついでに寄ってみたんだ」

「椅子を」

こうして話すことは仕事以外でなくて、なにを話せばいいのか戸惑う。

渉兄さんは立ったまま、テーブルの上にある文庫本の一冊を手にする。

「なに？　こんなの読むの？」

「こんなのって、推理小説です。執刀してくれた先生が持ってきてくれたんです」

せっかくの朝霧先生の好意を踏みにじられたような気がしてムッとなる。

「医者が読むような難しい本は、お前の好みじゃないんじゃないか？」

「読んでみなければわからないです」

「時間の無駄ってやつだよ。じゃ、帰るわ」

決めつけた言い方をして、渉兄さんは病室から出ていった。

話すこともないし、五分もいないのなら来る必要なんてなかったのに。

朝霧先生に失礼だわ。

腹が立ち、気を静めようと二冊の文庫本をひっくり返してあらすじに目を通す。

一冊はロンドン市内で起こる殺人事件、もう一冊は古城を舞台にした話のようだ。

「古城かぁ……幽霊は出てこないよね？」

病室にトイレがないので、静まり返った夜間に行きたくなったら怖くて病室から出られなくなるかもしれない。

そう考えつつも、朝霧先生が好きだというイギリス人作家の作品が気になり古城が舞台の方を選び読み始めた。

文庫本はとてもおもしろく、一番怖いのは幽霊ではなく人だと思えた内容だった。

翌朝、目を覚ましてしばらくして、初音からスマホにメッセージが送られてきた。

【今日十四時からの面会時間に行くね。食べたい物とかある？】

彼女はいつも聞いてくれて、入院して動けない頃は心からありがたかった。

売店へ行けるようになったので、今は大丈夫だと返事をした。

初音が来るまで朝霧先生から借りている小説を読んでいたが、犯人がわかりそうなところで彼女が元気に現れた。

「芹那！　どお～？」

初音はミドル丈の赤いコートと白いマフラーを取り、空いている丸椅子の上に置く。

「元気よ。来てくれてありがとう。なんかいい匂いがするけど、もしかして焼き芋?」

テーブルの上にのせられた、新聞紙に包まれたものを指す。

「ピンポーン、バレた? 冬の風物詩よ。触ってみて。熱々だから、食べよう。あ、手を洗ってくる」

彼女は病室を出てすぐに戻ってきた。

それから包んでいた新聞紙を開くと、大きくておいしそうな焼き芋一本が出てきた。

初音は立ったままで焼き芋を手にすると半分に折る。すると、湯気とともにさらに食欲のそそる匂いが漂う。

「毎回ありがとう」

「いいの、いいの。私が匂いにつられて食べたくなったんだしね」

黄金色の焼き芋の半分を渡してくれた初音は、丸椅子に腰を下ろして食べ始める。

「その小説はどうしたの? 見たところ、芹那の趣味じゃないわよね?」

初音はハフハフしながら焼き芋を頬張っていたが、オーバーベッドテーブルの端に置いていた小説に気づいて首をかしげる。

「執刀してくれた先生が暇だったらって、昨日持ってきてくれて。あ、クッキー缶ももらい物だけどって、いただいたの」

引き出しからクッキー缶を出す。

「へぇ〜、お医者様がわざわざクッキーと本をねぇ。本は渋いけど。で、おもしろい？」

「うん。すごくおもしろいの。この作家の刊行作品をスマホで調べたら、二十冊くらいあって、全部読んでみたくなったわ」

「芹那、楽しそう。新しく開拓できてよかったじゃん。芹那は大学と自宅、ときどき私と遊びに行くくらいでしょ。時間があるときはホテルで働いているし、少しは自分の趣味を楽しまなきゃね。その先生っておじさんでしょ？」

初音の言葉に首を左右に振る。

「おじさんじゃないわ。たぶん……三十代後半かな。身長が高くて、めちゃくちゃかっこいいのよ」

「そうなの⁉ そんな若くてかっこいい先生がいたんだ。しかもクッキーと、暇を持てあましているんじゃないかって本まで」

「気にかけてもらって感謝だね」

初音ににっこり笑う。

「芹那の先生、私も見てみたいな」

「わ、私の先生じゃないわ」

「芹那、顔が赤いよ」

　冷やかす初音に顔に熱が集まってくる。

「もうっ、クッキーあげないんだから」

「あー、わかった、わかった。もう言わないから。クッキー大好きなの」

　初音は笑いながら両手を顔の前で合わせて謝った。


　退院の日。二冊の小説は読み終わり、朝霧先生に手術のお礼とともに文庫本を返したくて、病室へ来た看護師にどこに行けば会えるか尋ねた。

「朝霧先生は昨日アメリカへ飛んだんですよ」

　その解答は予想外のものだった。

「え、アメリカへ？」

「ええ。向こうの病院へね。もともと朝霧先生は学生の頃からアメリカに留学していて、今回は半年だけ帰国して研修医の指導をしていたの。すごく優秀なのよ。そうでなければあの若さで執刀医になれないもの」

「……そうだったんですね」

もう会えないんだ。

「あなたは運がよかったわ。最高の先生に執刀してもらえたんだから。朝霧先生の技術はうちの脳外科で右に出る医者はいないのよ」

看護師は「退院おめでとう」と言って病室を出ていった。

あの若さって、いくつだったんだろう。

朝霧先生に返せなかった文庫本は記念にもらっておこう。

二、母の出せなかったエアメール

梢さんは二年前にホテルを辞め、幼なじみの男性と再婚して箱根《はこね》の『山楓荘《さんふうそう》』という老舗旅館の女将になった。ときどきメッセージのやり取りをしているが幸せそうだ。

三年前に入院したときのことを思い出しながら、ゆったりとした時間をカフェで過ごし、一時間ほどしてからコンビニに寄って帰宅した。

伯父たち三人の休日は土日なので、平日の今日は家に私だけ。それでも十八時には戻ってくるだろう。

納戸は一階のリビングの奥にあり、三畳ほどの空間に荷物が乱雑に入っていたと記憶している。

廊下から納戸へ歩を進め開けてみると、想像していたよりもぎゅうぎゅうに物が入っていて絶句する。

「今日中に終わるかしら……」

いったん中のものを廊下に全部出してから整えていった方がいいだろう。

私の物じゃないから捨てることはできないので、見た目よく積んでいくしかない。

納戸から荷物を出し始める。

古い書類の束や、渉兄さんの学生時代の教科書、使われていないゴルフバッグやテニスラケット、抱えられる程度の段ボール箱も数個ありどれも重い。

「はぁ……。けっこう重労働ね」

暖房をつけているわけではないのに、額に汗が滲んでくる。

最後の段ボール箱を廊下に出したとき、上のところに亡くなった父の名前、陽一《よういち》と書かれてあり目が大きくなる。

「これは……お父さんの私物？」

ガムテープが貼られているが、亡くなったときにしまわれたとしたら二十年以上が経っている。紙のガムテープは色あせていた。

私が一歳の頃に亡くなった父母の顔は写真でしか見たことがないのはもちろんのこと、祖母でさえ父の生い立ちは口にしなかった。母に至っては祖母もあまり知らなかったらしい。

祖母は私が寂しくなるだろうと不憫に思い、父のことは話さなかったのだと思う。

中を見たい……。

段ボール箱のガムテープを剥がし、目に飛び込んできたのは父が母の肩に腕を回して写っている写真だった。色あせてしまっているが、ふたりの姿に胸が震えて目頭が熱くなる。

写っている母は今の私の年齢くらい？

ずっと見ていたい気持ちをこらえ、段ボール箱を端によける。

部屋に持ち帰ってゆっくり見たい。

その思いで片づけもスピードアップし、十七時頃には終わらせることができた。

洗面所で手を洗い、キッチンでお湯を沸かしてからインスタントのカフェラテを入れて自室へ戻る。

父の持ち物を前に、心臓がバクバクしている。

記憶にない父母を知るのが少し怖い。

大きく深呼吸を一度して、段ボール箱を開けて先ほど見た両親の写真を手にする。

「お母さん、綺麗……」

私より明るいブラウンの髪は肩ぐらいで、癖があって波打っている。目鼻立ちがはっきりしていて、私が外国人を見た中であらためて一番美しいと思える。

両親の写真は一枚持っている。私が生まれてひと月ほど経った頃にお宮参りをした際のもので、祖母も写っている。

父は伯父とは似ておらず、若干の垂れ目が特徴で優しい表情が印象に残る人。

アルバムに収められていない写真は五十枚ほどあって、私が写っているものも含まれていた。

事故で亡くなる一カ月ほど前の写真は公園で撮られていて、三人一緒ではないが、母に手を引かれる私や、砂場にいる私のそばにしゃがみ込む父がいて、常にふたりは笑顔でどれも幸せそうだった。

それらの写真を見ていると、じんわりと心に染みて涙が出てきた。

お父さん、お母さん……会いたい……。

涙をティッシュで拭いても止まらない。

数分後、ようやく涙が止まって段ボール箱の中の物へ手を伸ばす。

使っていた痕跡のある革の手袋やエンブレムが入っていた。

お母さんは大学の留学生だったと聞いている。このエンブレムは高校の……？

「フィラデルフィア……？　お母さんはフィラデルフィアの高校に通っていたの？」

ほかに箱の中から美しい装丁の本のようなものがあった。

手に取って開いてみると、英語で書かれている。

「初めて陽一に会ったとき、なんて優しい人だろうと思った――これはお母さんの日記……」

この先読んでいいものか迷う。

母だけれど、人の日記を読むなんていけないことではないだろうか。

読まずにパラパラめくっていたが、青と赤の斜線で縁取られたエアメールが挟まっていて手を止める。

「住所はアメリカ、ペンシルベニア州のフィラデルフィア」

宛名は男性と女性の連名になっている。モーガン・パウエルとアマンダ・パウエル。

母の名字がパウエルということは知っている。母の名前はカーリー・パウエルだ。

「もしかして祖父母?」

両親に宛てた手紙かもしれない。父との結婚を反対していた、母の両親だ。

裏を見てみると、封がされていなかった。

両親にどんなことを書いたのだろうか。読むのはためらわれたが、どうして出さなかったのか気になって手紙を取り出した。

封筒の中には私がひとりで写っている写真が二枚。どちらも立っているので一歳近いだろう。

ドキドキと鼓動を暴れさせながら、手紙を開いて目を通す。

「大好きなダディ、ママへ……」

近況報告が書かれていた。とくに私の話だ。ふたりに会わせたいとある。

両親に反対されつつも、父と一緒になることを選んだことへの謝罪。でも、本当に幸せだと書いてある。両親の体をいたわる文章もあって、目頭が熱くなっていく。

そして、二枚の手紙の最後に書かれた日付に目を見張る。

交通事故の前日だった。

「出したくても出せなかったんだ……」

フィラデルフィアにいる祖父母はずっと娘に会えずに、亡くなったことすら知らないかも。

祖父母はまだ生きている？　この住所に住んでいる？

お母さんの思いを届けたい気持ちに駆られた。

私も祖父母に会いたい。たとえ冷たくされてもこの手紙を読んでもらいたい。

翌朝、パールホワイトの小型外国車で初音が迎えに来てくれた。

今日は寒いが海沿いをドライブしようということで、暖かい格好をしてきた。

ハイネックのカットソーの上にモスグリーンのセーター、ジーンズをはき、ブラウンのダウンコートを羽織っている。

車内で待っていた初音もダウンコートは後部座席に置いていて、私と同じような格好だ。

助手席に座って運転席にいる初音へ顔を向ける。

「おはよう」

手を伸ばしてシートベルトを装着する。

「芹那、おはよう。ん？　寝不足？　目が少し赤いわね」

「あ、うん……ちょっと」

母の手紙の件をひと晩ずっと考えていて、寝不足なのは確かだ。ただそれだけではなく、母の思いに胸が詰まって寝るときも泣いてしまったのだ。

「芹那は働きすぎよ。着くまで眠ってていいわよ」

「ふふっ、なんだか彼氏みたい」

初音は笑いながら車を発進させる。

「彼氏がいたことのない芹那がそんなことを言うなんてね」

「初音が男前だからよ。大丈夫。せっかく会えたのに眠るなんてもったいないわ」

車は東京湾《とうきょうわん》を渡り、そこから千葉県《ちばけん》の房総半島《ぼうそうはんとう》をドライブする予定だ。

「昨日はどこから戻ってきたの？」

「パリよ。あ、お土産買ってきたわ。そのピンクのやつ」

彼女はハンドルを握っていた左手を離し、後方を示す。

振り返って後部座席を見ると、ピンクのショッパーバッグが目に入った。

「ありがとう。なんだろう」

手を伸ばしてショッパーバッグを取り、膝の上にのせる。

中にはピンクの長方形の箱が入っていた。

「マカロンよ。芹那好きよね？」

「本場のマカロン！　芹那好きよ。大好きよ」

リボンを外して箱を開けると、色とりどりのマカロンが十個入っていた。

「おいしそう。さっそく。いただきます！」

茶色のマカロンをひとつ取って口に入れてから、ピスタチオ色のマカロンを運転している初音の口に持っていく。

もぐもぐそしゃくしてから彼女は苦笑いを浮かべる。

「芹那に買ってきたのに……」

「いいじゃない。とってもおいしい、ありがとう。あとは家でもったいぶって食べるから」

箱にリボンをかけて、ショッパーバッグに戻した。

房総半島に入り、初音は最南端に向けて車を走らせている。

曇天で風もあって海は荒れているようだが、久しぶりの景色を楽しみながら、初音のフライトや他愛ない話をしていると気持ちが晴れてくる。

そろそろお昼になるところで、初音が前もって調べてくれていた浜焼きの店に到着した。

店内にはズラリと炭火のコンロが並び、そこで牡蠣やハマグリ、海老などを焼いたり、新鮮な海鮮どんぶりが食べられる。

オーダーを済ませて店内へ視線を向ける。

木曜日で平日のせいか、それほど混んでいない。

「はぁ～、車から出ただけなのに寒かったね」

そう言って初音は、火をつけられたコンロに両手のひらをかざして温める。

「三月の春分の日が過ぎないと暖かくならないかもね。パリも寒かったわ」

「でも、初音は世界中へ行けるから温暖なところもあるでしょう？」

「まあね」

初音は頬にかかる髪を払う。彼女は仕事中、胸まである髪をシニヨンにしているが、今日はそのままにしている。同じくらいの長さの私はハーフアップだ。

そこへオーダーした海鮮が運ばれてきた。

焼き方を簡単に教えてスタッフが去っていく。

「さっそく焼きましょう」

彼女は大きな牡蠣とハマグリを二個ずつコンロにのせて、焼けるのを待つ。

「あのね、初音。昨日納戸の掃除をしたんだけど、父と母の私物の入った段ボール箱を発見したの」

彼女は私の生い立ちを知っている。だから悩みを聞いてもらおうと思った。

「今まで見たことはなかったの?」

「うん。まったく知らなくて。それでお母さんがアメリカの両親に宛てた手紙を見つけたの」

「たしか、許されずに家出同然って言ってたわよね?」

「そう。日本への留学中にお父さんと出会い愛し合って。祖母から聞いた話だけれど、お母さんの両親は許してくれなかったと。手紙には一歳の頃の私の写真が入っていて、私を抱いてほしいとあったの。それで……手紙を書いたのは、事故で亡くなる前日の日付で」

「書いたのが事故の前日？　かわいそうに……」

「手紙を出そうにも出せなかったから。お母さんの両親は亡くなったことも知らないかも」

目の前の牡蠣とハマグリはグツグツしてきている。

「お母さん、無念よね……」

初音がため息をつき、その場がしんみりしてしまう。

「そうだわ。手紙を届けに行ったら？」

「私もそれを考えたの。仕事が休めれば行きたいわ」

「大学を卒業してから、ずーっとまとまった休暇を取ってこなかったじゃない。芹那は伯父さん家族に遠慮しすぎなのよ。いくら育ててくれた恩があるからって、休みくらい取れないのなら労働基準局に訴えるって言ってやればいいのよ」

「それは……」

穏便に話を進めたいと思っている。

「芹那に祖父母ができるかもしれないのよ？　もう四半世紀が経つんだもの。祖父母も年を取っているんだし、芹那を大歓迎してくれるかもしれないわ」

「私も会ってみたい……」

初音のおかげで母の手紙を届ける決心がついた。

「明日、伯父たちに話してみる」

「それがいいわ。がんばってね。あ、焼けたみたい。お醤油垂らすわよ」

「お願い」

初音が牡蠣とハマグリの身の上にお醤油を垂らすと、食欲のそそる香ばしい匂いが鼻を突いた。


浜焼きの店を出て、初音は右手に海を見ながら車を走らせている。

「お花が綺麗に咲いてるわ」

初音が運転をしつつ、花を見て口を開く。

左手にはときどき、キンセンカやポピーなどの黄色とオレンジの花畑が見える。

「花つみもできるみたい」

「車止めようか」

「うん、寄りたい」

初音の提案に大きくうなずいた。

私たちは金魚草《きんぎょそう》の花つみを選び、白やピンク、黄色の花々をそれぞれ五本ずつつんだ。金魚草は大きく立派で、フロントのカウンターに飾ったら素敵だろう。

その後もドライブは続き、夕食はピザのレストランに入って食事をして帰宅した。

「初音、今日はありがとう。とても楽しかったわ」

「私も楽しかった。芹那、ちゃんと伯父さん夫婦に話して行かせてもらうんだからね」

「うん。そうする」

新聞紙に包まれた金魚草とマカロンのショッパーバッグを手に、降車して見送る。

初音はクラクションを小さく一度鳴らして去っていった。

ホテルの裏口から家に入る。二十一時を回っているので、伯父たちはホテルから戻っているのが玄関にある革靴やヒールでわかる。

玄関を入ったところで、リビングのドアが開き伯母が現れた。

「あら出かけていたのね。綺麗なお花だこと」

「はい。友人と千葉へ。フロントカウンターに飾ろうと思って」

「いいわね。華やかになるわ」

伯母の様子から、今日は機嫌がいいのだとわかる。

そこへ渉兄さんがリビングから顔を覗かせた。

「芹那、ケーキがあるんだ。食べないか？」

誘われて視線を伯母に泳がせる。

「たまには一緒に食べなさい」

伯母が笑みを浮かべるので、なにか裏があるのではという疑いの気持ちさえ湧いてくる。

おなかがいっぱいではあるが、断って機嫌を損ねたくない。

「ありがとうございます。金魚草を水につけたらすぐ行きます」

そう言って、一度部屋に入りダウンコートを脱いで洗面所へ向かった。

水を張ったバケツの中に金魚草を入れてから、リビングへ行くと伯父もいてケーキを食べていた。

伯父は甘いものが大好きで、普段はいかめしい顔も食べているときはやわらかく見える。

リビングのテーブルの空いている席の前に、生クリームがたっぷりのショートケーキと紅茶が入ったカップが置かれている。

「食べなさいな」

伯母に勧められ、渉兄さんの隣の椅子に腰を下ろして「いただきます」と言う。

こんな機会は滅多にない。今なら話せるかも。

手紙の話をしてフィラデルフィアへ行きたいとお願いしよう。

「あの、お話があるんです」

「話？」

伯父が鋭くこちらを見やる。

「はい。昨日、納戸の整理をしたときに、父の持ち物が入った段ボール箱を見つけたんです。その中に母が両親に宛てた手紙がありました。事故の前日に書いたようで。私、祖父母に手紙を届けたいんです」

「手紙なら郵便局へ持っていけばいいじゃないの」

伯母の表情がいつものように険しくなる。

「……祖父母に会ってみたいんです」

「忙しいんだから休めないのはわかっているでしょう？」

「お願いします。行かせてください」

伯母の言葉にひるんでいたら、実現しなくなる。

伯父から伯母、渉兄さんへ視線を向けてお願いしてから頭を深く下げる。

シーンと静まり返り、伯父夫婦は快く送り出してくれないのだと意気消沈する。

「……父さんたち、芹那が今まで休みが欲しいと言ったことはない。俺は行かせてあげてもいいと思う」

まさか渉兄さんが口添えしてくれるとは思ってもみなくて驚いた。

「たしかアメリカよね？　二泊三日で帰ってこられるところじゃないわよ」

伯母は息子の言葉に耳を貸さないが、ふいに伯父が口を開く。

「わかった。行ってきなさい」

だめだとばかり思っていたのであぜんとなり、すぐにもう一度頭を下げる。

「伯父様、ありがとうございます！」

なぜ認めてくれたのか甚《はなは》だ疑問だけど、ずっと休みを取っていなかったせいかもしれない。

「芹那、よかったな」

「渉兄さん、伯母様、ありがとうございます」

幸運が舞い込んできたみたいで、飛び上がりたいほどうれしい。

伯母はまだ不服そうで気まずかったが、なんとかケーキを食べているうちに伯父と伯母はリビングを出ていき、渉兄さんとふたりになった。

「フライト行程やホテルが決まったら教えてくれ。外国で野垂れ死にされたら困るからな」

従業員がいきなりいなくなったら困るもんね……。

春休みは大学生や高校生の卒業旅行が多く、とくに春分の日以降ホテルの客室はほぼ塞がっている。それまでには日本に戻ってこないといけないだろう。

渉兄さんが心配なのは仕事のシフトで、ひとりで海外へ行く私のことなどまったく気にならないようだ。しかし渉兄さんがそう考えるのも無理はないだろう。

食器の後片づけをしてから自室に戻り、祖父母に会いに行けるうれしさが込み上げてくる。

さっそく初音にメッセージアプリからメッセージを打つ。先ほどのやり取りをざっと書いて送ると、すぐに【おめでとう！　よかったわ。自分のことのようにうれしい】と返ってきた。

フィラデルフィアへ向かったのは、行くことが決まってから三週間後だった。

業務途中で外出させてもらいパスポート申請をし、受領しに行って、休日に入ってから旅行会社で飛行機とホテルを取ってもらい、ようやく実現することとなった。

フライトは初音がCAをしている大手航空会社AANにしたかったが、料金が高かったのでアメリカの航空会社を選んだ。

三月六日、羽田《はねだ》空港を十三時に離陸し、ロサンゼルス空港でトランジットをしてフィラデルフィアへは十六時くらいに到着する。

いつものように朝食ブッフェを山田さんと作ってから、キャリーケースを引いて渋谷駅から羽田空港へ行くリムジンバスに乗った。

斜めがけのショルダーバッグの中に祖父母への手紙が入っている。

引っ越していたらどうしよう……。

不安は尽きないが、母の手紙の中にペンシルベニア州の大学病院の名前が書かれていた。祖父は当時その病院に勤めていたようで【着任してだいぶ経ちましたね。体に気をつけてお仕事をがんばってください】とあった。

もう高齢なので退職しているかもしれないけれど、住所に住んでいなかった場合は病院へ行って聞いてみよう。

会えるといいなと思う反面、私は愛する娘を奪った男との子どもだから、会えたとしても受け入れてもらえないかもしれないと憂慮している。けれど、お母さんの手紙は読んでほしい。

フィラデルフィアは遠かった。

不慣れな海外で心配もあったし、これからのことを考えるばかりで、機内ではほとんど眠れなかった。

羽田空港を発って約十七時間後、フィラデルフィア国際空港に到着した。

空港の到着ロビーから外に出ると、東京より寒く感じる。

キャリーケースを引きながら辺りを見やる。

調べたところによると、市内へ行けるシャトルバスや乗り合いのバンなどもあるらしいが、まったくの海外初心者なので送迎車でホテルまで行くことに決めていた。

節約はしたいが、高校生になってすぐアルバイトを始め今までのお給料は休日に使うくらいで貯めてきたので、右も左もわからない外国ではスマホのアプリで呼べる送迎車がいい。口コミもよく、今回は移動手段としてお世話になるつもりだ。

さっそくアプリで配車を頼んだ。

十分後、車が到着し後部座席に乗り込むと、年配の運転手が振り返りアプリに入れている行き先のホテル名を私に確認するので、「そうです」と返事をしたのち動きだした。

フィラデルフィア国際空港は街に近く、市内中心部まで二十分ほどのようだ。すでに十七時近い。あと一時間もしないうちに暗くなるはずなので、ホテルに入った後外出はしないことにした。


三十分後、目的地で車が止まった。

旅行会社で予約したホテルは五階建てでこぢんまりとした印象だ。リーズナブルな価格なので旅費が抑えられる。

ただこの周辺を通ったとき、路地に座り込んでいる浮浪者のような男性を何人か目にして、もしかして治安が悪いのではないかと不安になっている。

「とりあえず、明日以降も暗くなる前にホテルに戻れば大丈夫よね」

チェックインを済ませ、エレベーターで三〇八号室に足を運ぶ。

部屋はツインベッドのシンプルな部屋だ。

ほとんど機内で寝ていないため眠いが、おなかが空いているのでキャリーケースを置き、羽田空港で両替したドルを持って一階のデリカテッセンへ向かう。そこではサンドイッチやサラダなどの総菜、お菓子が売っていた。

サンドイッチはどれもおいしそうで、野菜がたっぷり入ったのを選び、ほかにマカロニチーズとペットボトルのミネラルウォーターとオレンジジュースを購入する。

マカロニチーズは保温のブースにあったので温かい。

部屋に戻り洗面所で手を洗い、ふたつある椅子のひとつに腰を下ろす。

テーブルと椅子は窓の近くにあるが、すりガラスになっていて開けてみると隣の建物の壁だった。

「ま、そんなものよね」

独り言ちて、マカロニチーズの容器の蓋を取ってプラスチックのフォークで食べ始める。

マカロニはふにゃふにゃでやわらかすぎたが、チーズソースが濃厚でおいしい。

「あ！　連絡しておかないと」

ショルダーバッグからスマホを出して、渉兄さんにメッセージを打つ。

初めての海外でなにかあるかもしれないから、到着後連絡をくれと言われていた。

無事にホテルに着いた旨を打ち、メッセージを送った。

フィラデルフィアとの時差は十四時間で、日本の方が進んでいる。現在向こうの時刻は朝の八時。

すぐにメッセージは既読になり【わかった】と送られてきた。

サンドイッチを食べ始めたところで、頭がズキッと痛みを覚え、右手をその個所にやる。

ここ一年ばかりときどき軽い頭痛を覚えるようになり、薬は手放せない。寝不足のせいだろう。

とても眠くて、このまま朝まで寝たらよく聞く時差ぼけにならずに済みそうだ。

食事が終わり、頭痛薬を二錠ミネラルウォーターで流し込んで椅子から立ち上がる。キャリーケースから下着とパジャマを出してシャワーを使った。

体が温まり、バスタオルを巻いて髪にドライヤーをあてる。

シンプルな鏡に映る自分の口もとは楽しそうに緩んでいる。

ひとりで初めての海外。祖父母に会えるのか、そのことは不安だが、伯父一家やホテルの業務から離れ、解放感で満ちあふれていた。


翌朝、七時。慣れないベッドのせいか何度か目を覚ましたが、充分な睡眠を取れたようで体が軽く感じる。

ハイネックのクリーム色のカットソーの上に、ブラウンのコーデュロイワンピースと厚手のタイツを身に着ける。

今日祖父母に会えるかもしれないので、きちんとした格好をした。

祖父母の住所を調べたところによると、ホテルから車で四十分ほどのようだ。

早すぎるのも失礼になると考え、いったん一階のレストランで朝食を食べに部屋を出た。レストランはデリカテッセンの隣にある。

食事をしている人はまばらだが、日本人の姿は見あたらない。フィラデルフィアはニューヨークから近いので、観光客ならここには泊まらないのだろう。

ブッフェのメニューは少ないが、おいしそうなソーセージや卵料理とサラダ、甘そうなパンやシンプルな丸パンがあった。卵料理はボイルドエッグやスクランブルエッグ、オムレツと三種類だ。

それらを皿に取り分けて、たっぷりのコーヒーと一緒に食事をした。

パリッとした皮のソーセージがおいしく、満足の朝食を終えて部屋に戻った。

昨日と同じ会社のアプリで九時の配車を頼むと、十分ほど遅れてやって来た。

日本のように時間ピッタリというお国柄ではないので、仕方ないと思いつつ後部座席に乗り込み、祖父母の住所に向かってもらう。

「この住所は高級住宅地ですよ」

混雑している道路を走らせる運転手が教えてくれる。

「そうなんですね」

母の実家は裕福なのだ。だから日本へ留学もできたのだろう。

しだいに緑が多く閑静な住宅地に入った。

そして、車はレンガ造りの家の前にある道路に止まった。

「ここがその住所になりますね」

「ありがとうございます。あの、待っていてくれますか？」

住んでいるかわからないし、追い返されるかもしれない。とりあえず状況を確認するまではと、運転手にお願いする。

「いいですよ」

運転手の快諾に安堵して、後部座席から降りて家に歩を進める。

緊張で心臓を暴れさせながら、腰丈の白くペンキで塗られた門の前に立った。

表札は出ていないが、住所は母の手紙の宛先と同じだ。

震える指で呼び鈴を押して待つ。

ドクンドクンと、心臓が口から出そうなほど暴れている。

時刻は十時を回ったところなので早すぎるということはないだろう。

対応を待っていると、玄関横の窓のカーテンが動き、中から確認された様子。

そして扉が開き、老齢とは言えない五十代くらいの女性が現れた。門扉の前に立っている私をその場で見る。

「なにか用かしら？」

「ここはパウエルさんのお宅でしょうか？」

「パウエル？　いいえ、違うわ」

短い黒髪の頭を左右に振る。

「違う……。あの、モーガン・パウエルとアマンダ・パウエルをご存じないでしょうか？　以前、ここの住所に住んでいたはずなのですが」

女性は少し考えてから肩をすくめる。

「もう三年住んでいるけれど、以前誰が住んでいたか知らないのよ。ごめんなさいね」

そう言って、女性は家の中へ引っ込んでしまった。

三年前……祖父母はどこへ？

すんなり会えるとは思っていなかったが、意気消沈して車へ戻る。

祖父が働いていた病院へ行こう。年齢的にリタイヤしていると思うけれど、なにかわかるかもしれない。

「早かったね」

運転手の言葉に「会えなくて……」と口にする。

「会えなくて？」

「祖父母が住んでいた家なんですが、三年前から別の女性が住んでいると。その前にも別の住人が住んでいたかもしれず」

「そうか……残念だったな」

「ここへ行ってもらえますか？」

祖父が働いていたらしい大学病院を教える。

「ペンシルベニア州一の大病院だ」

「祖父が働いていたかもしれないので、そこで聞いてみます」

「わかった。じゃあ、行こう」

運転手の男性は同情の瞳を向けてから、車を発進させた。

大学病院で手がかりが掴《つか》めなかったら、会う望みがなくなってしまう。

尋ねる時間がかかるはずなので、大学病院のエントランスに到着すると、運転手にお礼を言って帰ってもらった。

運転手は「幸運を祈る」と言ってくれて、少しだけ前向きな気分になれた。

ロビーに歩を進め、受付カウンターでモーガン・パウエルを尋ねる。

「職種はなんでしょうか？」

忙しそうな女性は眉根を寄せる。

「それがわからないんです。お願いです。わかる方はいらっしゃらないでしょうか？」

切実な様子をわかってくれたのか「事務の者を呼びます」と言ってくれた。

どのくらい経っただろうか、ロビーの隅でかなり待たされてからグレーのスーツを着た年配の白人男性が現れた。

「お嬢さん、なにかご用でしょうか？」

「私は日本から来ましたセリナ・カスガと言います。祖父を探しています。モーガン・パウエルというのですが」

「日本から……ドクター・モーガン・パウエルはここでは有名なので」

男性の言葉に目を見開く。〝ドクター〟ということは医者？

「祖父をご存じなんですね！」

「え、ええ……しかし、ここには……。ドクター・パウエルの愛弟子のドクターがいますから。ちょっと待っていてください」

しかし、ここには……？　やはりいないみたいだ。

ガクッと肩を落とす。

でも教え子がいるみたいで、その人から話を聞けるかもしれない。

望みを託して待っていると、先ほどの男性がバックヤードから出てきた。

「ドクターは今オペ中でした。三時に終わる予定なのでその頃に来てくれますか？

ドクターに伝えておきます」

オペ中……。でもまた来れば話が聞けそうだ。

「わかりました。三時に来ますのでよろしくお願いします」

男性はうなずき私の前から立ち去り、腕時計へ視線を落として時間を確認する。

もうすぐ十一時三十分になる。観光する気分でもないが、せっかく来たので徒歩で行けそうなフィラデルフィア美術館へ向かうことにした。

スマホで検索すると、四十分くらいで到着する。

昼間だし、ひとりで歩いていても危なくないだろう。

その前に大学病院の外で売っているホットドッグとカフェオレを買って、隅のベンチで急いでおなかを満たした。

それからフィラデルフィアの景色を見ながら、足早に歩を進めた。

スクールキル川にかかる橋を渡り、落葉樹が見えてきた。公園だろうか。

さらに進むと、フィラデルフィア美術館の建物が目に入り、ガイドブックにある通り正面階段がかなりの段数でため息が漏れる。

急いで歩いたから疲れている脚にこの階段は……。

寒いのに階段のあちこちで座って楽しそうに話をしている男女やグループがいる。

入場料を支払い、館内へ入る。

印象派から近代アートまで幅広く展示してあるようで、この美術館で時間をつぶせそうだ。

絵に詳しくない私でも知っている絵画がたくさんあって楽しめそうだが、祖父母のことが気になって集中できない。

各国のブースがあり美術品が展示されていて、十四時まで気もそぞろのまたっぷり時間をかけて見て回ったのち、徒歩で大学病院へ向かった。

約束の十分前に到着し、ロビーの中へ進む。

あまり早いと嫌がられないだろうか、などと考えながらはやる気持ちを抑えられず、受付カウンターで先ほどの約束を話した。

「お待ちください。確認しますので」

人の往来に邪魔にならないよう端に寄って待つこと二十分。カウンターの女性は忙しすぎて私の用件を忘れてしまったのではないだろうかと思案し始め、キョロキョロしていたところ、突然背後から「君がパウエル教授のお孫さん?」と英語で声をかけられた。

ハッとして振り返った先に、驚くことに朝霧先生が立っていた。

「せ、先生……!」

英語で話しかけられたが、思わず日本語で言ってあぜんとなった。

「……君は……脳腫瘍の」

あれから三年が経っているが、朝霧先生は少し考えたのち私を思い出してくれた。

でも、わかるということは三年経ってもほぼ変わっていないのだ。

朝霧先生は記憶よりも髪が少し伸びて、さらに落ち着いた大人の雰囲気を漂わせ魅力的になっている。

「はい。春日です。あのときはありがとうございました」

頭を下げながら、まさかこんなところで朝霧先生に会うとは……と驚愕している。

「そうか……教授に……」

朝霧先生はひとり納得した様子でうなずく。

「あの、祖父は今どこにいるかご存じですか？」

「……ああ」

歯切れの悪い返事は不穏な空気をまとっていて、心臓がドキドキしてきた。

「十分くらい待っていられるか？　仕事が終わったからカフェに行って話をしよう」

「……わかりました」

朝霧先生は「座ってて」と言って、足早に去っていく。

すぐに居場所を教えてくれないので嫌な予感に襲われているが、話を聞けるのは朝霧先生しかいない。

カフェで話そうと言ってくれたのだから、込み入った事情なのかも。

ロビーにある椅子に座って待っていると、朝霧先生が姿を現した。日本でも有名なアウトドアブランドの黒のダウンにジーンズをはいている。

カジュアルだけど体躯によく似合っていて暖かそうだ。

「待たせた。行こうか」

「はい」

彼が私を促したとき、朝霧先生を英語で呼ぶ女性の声が聞こえてきた。

「ドクター・アサギリ、外へ出るの？」

彼は立ち止まり振り返る。

駆け寄ってきたのは白衣を着た赤毛の女性だ。

「ミスター・スミスの容態を注視していてくれ」

朝霧先生はその女性に言っている。

赤毛の女性はまつげが長く、整った顔立ちの美女だ。

この人もお医者様？　天は二物を与えているのね。

「春日さん、こっちだ」

赤毛の女性に別れを告げた朝霧先生に促され、大学病院から出る。彼はたくさんの車が停車しているパーキングスペースに歩を進める。

「カフェへは車で……？」

「ああ。こっちでの移動手段は車なんだ。男とふたりで乗るのは心配？」

「そ、そんな意味じゃ。私の執刀医なんですから、まったく心配していません」

朝霧先生が愉快そうに声を出して笑う。

「もうどのくらい経った？」

「三年です。お世話になりました」

入院していた頃の懐かしさが込み上げてくる。

「退院時に先生に本を返そうと看護師さんに尋ねたら、渡米したと聞きました」

「そうだったのか。読み終わっていたからもともと返してもらうつもりはなかったんだ。先に言っておけばよかったな」

「大好きになって、既刊本は全部読み終えました。今は先月出たのを読んでいます。あの、祖父は……?」

聞いたところで、朝霧先生が黒い車の横で立ち止まる。大きなSUV車だ。

朝霧先生は助手席のドアを開けて「どうぞ」と促して私を座らせる。腰を下ろすとドアが閉められ、彼が運転席にやって来た。

祖父の話を避けたいみたいに思える。

エンジンをかける朝霧先生へ顔を向けた。

「先生……祖父のこと、話しづらいんですね?」

「パウエル教授の話をする前に、君が彼の孫だという証拠はある?」

朝霧先生は車を大学病院のパーキングから出して、私が歩いてきた道路を走らせる。

「母が書いた手紙があります。やっぱりここでは話せませんね。カフェに着いてから見せます」

運転中の朝霧先生には手紙を見せられないので、押し黙る。

「君を信じていないわけじゃない。だが、教授とは長い付き合いだったが、一度も孫の話は出なかったんだ」

「母の両親は父との結婚を許さず疎遠になっていて、孫の存在を知らなかったんです」

「その件は知っている……孫がいたとは……。もうすぐ着くから」

五分もかからずに車を道路脇に停車させた朝霧先生は、かわいらしい外観の建物へと私を案内する。

カフェはそれほど広くないが、窓に沿ってふたり掛けのテーブルが並んで置かれている。空いている席に着いた。

「まずはオーダーを済まそう。パンケーキやスイーツはどうかな？　看護師たちがおいしいと言っていた」

スイーツに目がない私だが、今は祖父の話をする重大なときなので、食べたいと思わず首を左右に振る。

「カフェラテをお願いします」

「わかった」

朝霧先生が軽く手をあげると店員がやって来て、飲み物をオーダーした。

その間にショルダーバッグから母の手紙を出し、店員がいなくなったところで朝霧先生に差し出した。

彼は宛先へ視線を走らせ、すぐ私に手紙を戻す。

「たしかにここの住所に住んでいた」

「病院へ行く前に行ってみたんですが、三年前から住んでいるという女性がいてまったくわからないと言われました。それで、手紙に書いてあった病院へ……。どうぞ、読んでください」

もう一度朝霧先生の方へ手紙をすべらせる。

「いいのか？」

「はい。二十四年も前のことです」

朝霧先生は封筒から手紙を出して読み始める。

最後まで読んで、「そうか……」と口にした。

そこへ大きめのマグカップのコーヒーとカフェラテが運ばれてきた。

朝霧先生はブラックのようだが、私はお砂糖を入れてスプーンでかき混ぜる。

「だから……母は無念だったと思います。この手紙を見つけたのは二月中旬で、祖父母に渡したいと思いました。私も会いたいし、それで昨日来ました」

「さっきも話した通り、教授は君の存在を知らなかった。以前に一度だけ、ひとり娘が日本人と駆け落ちし、十年ほど経ってから日本の興信所に捜してもらったと言っていた」

「捜して……祖父母は今どこにいるのでしょうか？」

嫌な予感はずっと続いている。

「……夫人は五年前に心臓病で亡くなり、教授はその翌年に街を歩いていたところ、薬物中毒者に銃で殺されたんだ。金目あての犯行だった」

衝撃的な話で、「ひっ」と息をのむ。

「そんな……」

驚く一方、悲しみが押し寄せてきてポロポロ涙が頬を伝わりテーブルを濡らす。

涙は止められずしゃくり上げるような声まで出てしまい、肩を揺らす。

「ご、ごめんなさい……」

周囲のお客さんからは朝霧先生に泣かされたように見えているかもしれず、申し訳ない。

「いいんだ。ショックだろう？　オブラートに包めずすまない。亡くなった原因を知りたいはずだから」

「そ……その通り、です……」

涙を拭きつつ、うなずく。

朝霧先生はアメリカでの生活が長いし、医師だから殺人事件は身近に感じているのかもしれない。そして、彼は率直に物を言うタイプだと三年前にわかった。

「熱いうちにカフェラテを飲んで。少し落ち着く」

「……はい」

マグカップを持ってひと口飲む。甘くて温かいカフェラテが喉もとから胃の中へ落ちていく。

「おじいちゃん、かわいそうに……」

祖母も心臓病だったとは……ひとり娘が家を出てさぞつらかったはず。

「教授が生きていたら、素敵な女性になった孫と会えて喜んでいただろう」

「でも、父と母を許してくれていたらと思うと、悔しい……娘が亡くなっていることも知らなかった」

祖父母、母の気持ちを考えると、胸が苦しくなるほどの痛みを覚える。

「たしかに、娘を許さなかったから君がここへ来るのも葛藤があったよな」

「……はい。私に会ってくれないかもしれないと思っても、母の手紙を届けに来ずにはいられなかったんです」

「君が教授の生前に会えていれば……本当に残念だ。教授の財産は遺言通りに扱われた。住んでいた家は売られ、財産は慈善団体に寄付されたんだ」

「祖父は優しい人だったんですね。祖父母の写真はどこかに残っていますか？　お墓はどこに？」

「写真は俺の家にある。十年以上も前の写真だが、慈善団体のパーティーで夫妻が出席したときのものだ。墓地はここから車で一時間ちょっとの町にある」

「それなら送迎サービスを利用して行けます。住所を教えてください」

ここまで来たのだから、どうしてもお墓参りをしたい。

「俺が連れていこう」

「え？　でも……ご迷惑では？」

朝霧先生は魅力的な唇を緩ませ、軽く首を横に振る。

「迷惑じゃない。世話になった教授のお孫さんだ。俺が君と出会ったとき、君の素性を知っていたらと思うが、その時点でも遅かった。俺も久しぶりに墓参りをしたい」

私が朝霧先生と出会ったのは約三年と二カ月前になる。彼の言う通り、その時点でも祖父は亡くなっていた。

「一度だけでも話をしてみたかった……」

その思いを口にすると、また目頭が熱くなり涙が込み上げてきた。

「……す、すみません」

「いや、仕方ない。祖父母に会えるかもしれないと楽しみにしていたところへ思わぬ訃報だ。かわいそうに」

「私、祖父母を知る先生に会えて幸運でした」

祖父母の件は本当に残念だったが、朝霧先生に会えなければなにも知りえることはできなかった。

つい祖父母のことを考えて、黙り込んでしまう。

「ここには何日間いるんだ？　せっかく日本から来たんだから観光でもどうだ？」

「観光……？」

「ああ。墓参りの場所からはニューヨークが近い」

「ニューヨーク……行ってみたいです。私、海外旅行は初めてで、ニューヨークは憧れの旅先でした。先生、ありがとうございます」

今回は祖父母に会いに来るのが目的だったから、ニューヨークはまったく考えていなかったが、結果お墓参りしかできなくなったので、帰国までフィラデルフィアに留まっておく必要はない。

「それなら観光スポットがたくさんあるから行こう。そうだな……向こうに一泊すればいろいろ回れるはずだ。少しは気がまぎれるだろう。それからその先生って言い方、やめないか？　もう患者じゃない。俺の名前は蒼だ」

「蒼……さん。では、私の名前も春日さんじゃなくて、芹那と呼んでください」

心を込めて頭を下げる。

「ところで、本当にパンケーキは食べない？」

「もしかして、先……蒼さんが食べたいのでは？」

「まあ、そんなところかもな」

ニヤリと口角を上げる蒼さんにドキッと心臓が跳ねる。

私が落ち込んでいるから、気を紛らせてくれようとしているみたいだ。

ふいに入院しているときのことを思い出す。退屈していたところへ文庫本を持ってきて、退屈しのぎをさせてくれた。

蒼さんは押しつけがましい態度ではなく、率直に物を言うけれど相手のことを考えてくれる人なのだと思う。

「……では、パンケーキをお願いします。半分に分けて食べましょう」

「ＯＫ」

蒼さんは店員を呼び、パンケーキをオーダーした。

「遠いフィラデルフィアまで来たのだから、少しは楽しんでほしい。昨日到着したと言ってたよな？　夕食はなにを？」

「ホテルのデリカテッセンでサンドイッチとマカロニチーズを」

「朝食は？　昼は？」

「そんなことを聞いてもおもしろくないかと……。朝食はホテルでブッフェ、お昼は病院の外でホットドッグを食べました」

蒼さんは首をゆっくり左右に振って顔をしかめる。

「せっかく海外へ来ているのに、もっといいものを食べろよ。そうだ、夕食もご馳走《ちそう》させてくれ」

「それでは迷惑ばかりかけてしまいます」

蒼さんの言葉が社交辞令だとしたら、ニューヨークにも連れていってもらうのにわずらわせるのは嫌だ。

「俺が受け持った患者と偶然に遠いフィラデルフィアで会ったんだ。迷惑じゃなくて、むしろうれしい。遠慮はいらない」

「蒼さん、さっきもう患者じゃないって言ったばかりですよ」

彼は「そうだったな」と、声を出して笑う。

「私もおじいちゃんのお話聞かせてほしいです」

「教授は自分にも他人にも仕事に厳しい人だった。俺は何度叱られたかわからないよ。だが、孫娘にはきっと優しかったに違いない」

私が落ち込んでいるから元気づけようとしてくれているみたいで、胸が苦しくなる。

「ところで、仕事は今なにを？　モデルとか？」

「え？　モ、モデルなんて、違います。渋谷区にある伯父夫婦のホテルを手伝っています。ＳＮＳでけっこう有名なんですよ」

渋谷区といったらラブホテルも多いので、勘違いされないよう慌ててスマホを取り出してＳＮＳアプリからホテルを表示させ、蒼さんの方へ向けて見せる。

「雰囲気がいい。これが渋谷区に？」

「はい。外国人観光客や日本中の若い世代が泊まりに来てくれます」

「これから春休みになるから忙しんじゃないか？」

「そうなんです。八日間のお休みの後は激務でしょうね」

そこへ大きなパンケーキが運ばれてきた。生クリームが端にのせられたシンプルなものだ。メープルシロップの瓶が置かれた。

蒼さんが注文時に頼んでいた取り皿に、彼がパンケーキを切りのせてくれる。

「どうぞ」

「いただきます」

メープルシロップをかけてから、ナイフとフォークでひと口に切り分けて食べる。

甘さが口の中に広がった。

「おいしいです。半分でも大きいですが、ペロッといけちゃう」

パンケーキを食べていると、蒼さんのスマホが鳴って彼は電話に出る。

深刻な話をしているようだ。どうやら行くと言っているよう。

通話を切った蒼さんは苦い顔で私へ視線を向ける。

「すまない。患者の明日の手術の件で夕食が無理になった」

「大丈夫です。すまないだなんて思わなくていいですから。パンケーキで夕食はあまり入らないでしょうし」

おなかを押さえてやんわりと笑みを浮かべる。

「食べ終えたら、ホテルに送るよ。遠慮はしないでくれ。もうそろそろ暗くなる」

「……はい。ありがとうございます」

「礼を言われるほどのことでもない。ホテルはどこに？」

ホテルの名前を伝えると、蒼さんは眉をひそめる。

「そこは治安が悪い。ホテルを変えた方がいい」

「でも、二日泊まってニューヨーク、戻ってきて二泊だけなので……」

現地決済だけれど、急なキャンセルだと料金がかかるのではないかと思案する。

「一週間前、ホテルの裏通りの路地で薬物関連の事件があったんだ。なにかあってからでは遅い。俺が手伝うし、料金のことも任せてくれ」

昨日ホテルに到着して車から降りたときに目にした、路地に座っている男性を思い出して、ぶるっと寒気が走る。

「ありがとうございます。泊まれるホテルを探していただけたら助かります」

「もちろん。責任を持って安全な場所のホテルを手配する」

憂慮にすぎないのだろうが、蒼さんの言う通りなにかあってからでは遅いのだ。

カフェを出て、車に乗ってエンジンをかけてから蒼さんはスマホでどこかに電話をかけ始めた。

話し終えてから私の方へ体を向ける。

「部屋を取った。ホテルは自由の鐘がある近くで、治安もいいから」

「ありがとうございます。空いていてよかったです」

自由の鐘は自由の女神と並んでアメリカの自由のシンボルだと、ガイドブックに書いてあったのを思い出す。

「礼を言われるほどのことじゃない。料金も変わらないから安心してくれ」

「いろいろとありがとうございます」

蒼さんは私が現在泊まっているホテルへ車を走らせ、二十分後、車はホテルの前に到着した。

蒼さんも一緒に降りてフロントの女性に話をしてくれる。淀みない英語で説明して「そういうことなら」と、本来であれば十一時のチェックアウトをかなり過ぎていて一日分が取られるところだが、蒼さんはどんな説明をしたのか、一泊分の料金でかまわないと言ってくれた。

「荷物を持ってきて」

「はい」

蒼さんの時間を取らせてはいけない。

急いで部屋に戻り荷物をまとめるが、海外旅行経験がないのでキャリーケースから使うものしか出しておらず、十分もかからずにロビーに下りた。

新しいホテルでチェックインを済ませて、蒼さんに向き直る。

「ありがとうございました」

「今日の埋め合わせに明日の夜食事をしよう」

「明日……いいんですか？」

「もちろん。そうだ。連絡先を教えてくれ」

蒼さんはポケットからスマホを取り出し、私と連絡先の交換をサクッと終わらせる。

「芹那」

ふいに名前を呼ばれて心臓がドクッと跳ねた。蒼さんの漆黒の瞳にじっと見つめられ、ドキドキが止まらない。

「ショックが大きかったはずだ。あまり考えず眠るように」

「はい……そうします」

ひとりになったら祖父母のことを考えてしまうだろうが、うなずいた。

「明日は六時に迎えに来る予定だが、また連絡を入れる」

「ありがとうございました」

「見送りはいいから部屋へ行って」

私をエレベーターに促して、蒼さんはロビーを出ていった。

ホテルは五階建てで、先ほどのホテルより規模が大きそうだ。

キャリーケースを引いてエレベーターに乗り込んで四階で降りた。廊下には真紅の絨毯《じゅうたん》が敷かれて、キャリーケースのキャスターの音が吸収される。

部屋の番号を見つけて、カードキーで入室する。

ツインルームは同じだが、青と白のストライプのベッドスローが敷いてある。ベッドスローとはベッドの足もとに敷く幅の狭い布のことで、靴のままベッドの上に横になったとき、泥などでリネンが汚れないようにするためのものだ。

これがあるのとないのとでは部屋の印象が違う。うちのホテルではワインレッドのベッドスローを使用している。

どっと疲れを感じてベッドの端に腰を下ろす。

「お母さんの気持ちを届けてあげられなかった……」

もっと早く手紙を見つけていれば。後悔の念が押し寄せてくる。

蒼さんが祖父の弟子のような存在で本当に幸運だった。偶然再会できたのは祖父のおかげ。

しばらくベッドに座って祖父母や両親に思いを馳せる。気づけば一時間以上が経ち、十九時を回っていた。

いちおう形式的に、渉兄さんにひとまず状況を知らせようと、スマホを手に取る。

泊まっていたホテル近辺の治安が悪いため宿泊先を変えたことと、祖父母は亡くなっていて会えなかったこと。祖父の勤め先だった病院でかつて脳腫瘍の手術をしてくれた日本人医師と偶然再会し、お墓参りのついでにニューヨークを案内してくれることになった旨をメッセージで送った。

「これでよし。なにか買ってこよう」

このホテルにもデリカテッセンがあり、パンケーキのおかげであまりおなかは空いていないが軽く食べられるものを探しに部屋を出ようとしたとき、ポケットの中のスマホが鳴った。

着信は渉兄さんだった。通話をタップして電話に出る。

「渉兄さん」

《芹那、知らない男とニューヨークへ行くのか？》

いきなり荒らげた声が耳に響く。

「知らない男じゃないです。脳腫瘍の手術を執刀してくれた先生です」

《お前なんかがそんな人に相手にされるはずないだろ、夢見てるんじゃない》

不機嫌で畳みかけるような口調に驚きつつ口を開く。

「夢を見ているわけじゃないです。お墓がフィラデルフィアとニューヨークの中間にあるので、お墓参りをしてせっかくだからと連れていってくれるんです」

祖父母が亡くなっていたことに関して、まったく触れもしない渉兄さんの人間性を疑う。伯父に似て、自分が気にならないことには無関心だ。

こっちへ来る口添えをしてくれたので、少し見直していたのに……。

《まったく。知らないやつと出かけるなんて正気の沙汰じゃないぞ》

「ですから、まったく知らない人ではないし、もう私は二十五歳の大人です」

とやかく言わないでほしい。

《二十五だろうが芹那は世間知らずだ》

「とにかくお墓参りも行きますし、ニューヨークへも行ってみたかったんです。またこのホテルへ戻ってきますから。私のことは気にしないでください」

このまま話していても、威圧的に頑として行くなと言い続けるだろう。

通話を切ってテーブルにスマホを置き、苛立ちを抱えたまま買い物に出た。

三、安心できる腕の中

翌朝、スッキリしない目覚めだった。

その理由は渉兄さんだ。あれから部屋へ戻ると着信が三回入っていて、食事をしようとしたときまたかかってきたので仕方なく電話に出て話した。

ニューヨークへ行くな、その男と会うな、もしかしてお前の体が目的かもしれないなどとしつこかったが行きたい気持ちは大きく、言いなりにはならなかった。

渉兄さんは仕方なくあきらめてくれたみたいだった。

命令を聞かなかったのは初めてで、申し訳ない気持ちと勝手にさせてほしい気持ちが複雑に入り混じっていた。祖父母の件を無視する人なのだから気にする必要はないと考えるも、モヤモヤ感があって目を覚ましたとき疲れていた。

蒼さんのような一流のドクターで、ルックスも最高の人なのだから、恋人がいるのではないかと思う。左手の薬指にリングはなかったけれど、既婚者で職業柄つけていないだけかも……。

優しくしてくれるのは、私がお世話になった祖父の孫で執刀医だからよ。

そう考えた途端、胸がツキッと痛みを覚えた。

「伯父一家にはお世話になって恩があるけれど、もう私は大人よ。いつまでも小さな子どもじゃないんだから」

自分は間違っていないのだと独り言ちてから、昨日下調べをしておいたレディング・ターミナル・マーケットへ行く支度をする。ここから徒歩二十分もあれば行けるみたいだ。

ホテルでも朝食は食べられるが、いろいろなものに興味があるのでやめておいた。

ホテル周辺に観光スポットがいくつかあるので、マーケットの後に行く予定でいる。

祖父母の件が頻繁に脳裏をよぎって悲しくなり、彼らや母が暮らしたフィラデルフィアを見て回りたい気持ちだった。

スマホの地図アプリをセットして、ワイヤレスイヤホンを左だけつける。

こうすればスマホを手に持って不慣れな様子に見えずに、レディング・ターミナル・マーケットへ行ける。方向はほぼまっすぐなので問題ないだろう。

二十分後、大きなレンガ造りの建物に到着した。レディング・ターミナル・マーケットだ。

中へ入ると、賑やかな声や並んでいる店の多さに目を丸くする。

左右に連なるショップを見ながら歩を進める。カラフルなケーキ屋やチョコレート専門店、ドーナツ屋、お客様が並んでいるプレッツェルの店など、見るものが目新しくおもしろい。

スマホで写真を撮ったり、「観光客かい？ どこから？ 味見だけでもしてみてよ」と生ハムをもらったり、店の人との会話も楽しい。

ハンバーガーやホットサンドの店、鉄板で焼いたお肉をパンにはさんで提供する職人技みたいなのにも惹きつけられて見入った。

長テーブルでは地元の人や観光客らしき人たちが食事をしている。

食欲のそそるいい匂いにつられて、ウインナーとチーズがたっぷり入ったホットサンドとホットコーヒーを買って、空いている席に座った。

食べながら次へ行く観光地を調べていると、スマホの画面が切り替わり蒼さんの名前が映し出された。

タップしてスマホを耳にあてる。

「蒼さん、おはようございます」

《おはよう。ちゃんと眠れたか？》

「はい。思ったより疲れていたみたいで」

《賑やかだな。外にいる？》

「レディング・ターミナル・マーケットに来ています。おもしろいところですね」

《ああ。いろいろな食材がある。楽しめているようでよかった。昨日話した通り六時、ホテルのロビーで待ち合わせしよう》

「わかりました。よろしくお願いします」

《じゃあ、楽しんで》

通話が切れて、ホットコーヒーを飲む。

ちゃんと連絡をしてきてくれるし、渉兄さんが言うような人じゃない。

その後もマーケット内を歩き、チョコチップ入りの大きなアメリカンクッキーを二枚買った。

そうだ。お墓へ行くのだからお花を買っておこう。

花屋の女性店主に相談して、抱えられる程度の花束を作ってもらった。

明日供えると話すと、花が元気でいられるようにたっぷりの水を含ませたペーパーを施してもらえたので、ホテルの部屋に戻ってから洗面所に置いて、休む間もなく外へ出た。

ホテルの近くにある世界遺産にも登録されている独立記念館・インデペンデンス

ホールや自由の鐘をゆっくり見学し、その後カフェに入りカフェオレを飲みながら初音に祖父母が亡くなっていたことを書いてメッセージを送る。

休日にはたまにカフェへ行って気分転換するけれど、こうして外国でカフェオレを飲み、スマホをいじっている感じはだいぶ気分が違う。

新しい場所を訪れて自由を満喫している……そんな感覚だ。

初音は毎回フライトのたびに、こんなふうに楽しい時間を過ごせているのかも。そう考えるとうらやましくなる。

私の今までの生活は狭い世界だと思う。

家と職場の往復、休日はカフェへ行くか読書、ときどき初音と出かけるくらい。それしかしていない。

今回フィラデルフィアへ来て、新しい世界が目の前に開けてきたような感慨を持った。伯父夫婦には育ててくれた恩はあるけれど、新しく人生を切り開きたいと今回の旅で思うようになっている。

なにをしたいかをよく考え、帰国したら準備をしていこうと決意を固めた。

カフェを出てホテルの部屋に戻ったのは十五時三十分を回っていて、待ち合わせの時間まで撮った写真を見たり、メイクを直したりして過ごす。

あれ？　リップは……。

ショルダーバッグの中を探して見つけ、リップを手にしたとき、ふと母の手紙がないことに気づく。

「手紙！　え？」

ショルダーバッグの中身をベッドの上に全部出して探すが見あたらない。床にはいつくばってベッドの下を見てもまったくだ。

サーッと血の気が引いていき、脚ががくがくしてきた。

マーケットで落とした？　それともカフェで支払うとき？

暴れる心臓を落ち着かせながらいろいろ考える。

もしかしたら、昨日チェックアウトしたとき？　部屋でショルダーバッグを開けた……。

母の直筆の大事な手紙だ。なかったらどうしようと不安にさいなまれながら、ホテルへ電話をかける。

電話に出た女性に事情を話し、手紙がなかったか尋ねる。

《ちょっと待っててください》

女性が電話から離れる。

待つ時間がとてつもなく長く感じる。お願いあって……と祈っていたら、女性の声がした。

《ミスター・パウエル宛の手紙ありましたよ》

「本当ですか！　ありがとうございます！」

部屋に落ちていたようだ。年季の入った手紙だったので、メイドがフロントに預けてくれたらしい。

「これから向かいます」

《わかりました》

通話を切ってスマホの時刻を確認する。十六時十五分。蒼さんとの約束の時間までまだある。

車のアプリを出して呼ぶが、配車が三十分後になるとあり、それなら歩いていこうと部屋を出た。

昨日のホテルはレディング・ターミナル・マーケットの先で、三十分もあれば行けるだろう。

手紙が見つかって安堵し、ホテルに向かう足取りも軽かった。

三十分で到着するかと思ったが、ホテルに着いたのは十七時近くになっていた。外は薄暗くなってきており、フロントへ歩を進めて女性スタッフに名前を告げる。

電話で対応した女性スタッフではないが、引き継がれていたようですぐに母の手紙が手渡された。

自分のもとに戻ってきた手紙を胸にあててホッと安堵する。

よく確認しなかった自分のせいだ。これからは気をつけよう。

エアメール自体が薄いもので、写真が二枚入っていてもなにかを出した拍子に落としてしまったのだろう。

あ、お財布だ。退出する前にルームメイド宛にチップを出したときだったのかもしれない。

ショルダーバッグにしまい、女性スタッフにお礼を言ってチップを渡してホテルを出る。

急いで戻らなきゃ。蒼さんとの待ち合わせの十八時までには着けるはず。

足早に来た道を歩き始めるが、少し行った先の電柱に汚い身なりの男がうずくまっていて、一瞬目と目が合ってしまい慌てて視線を逸らし通り過ぎる。

人通りは少なくないが、ああいった人がいるのは怖い。

早歩きしながらそっとうしろを見ると、さっきはうずくまっていたのに立ち上がってこちらに向かってくる。まだまだ寒い時季なのに半袖姿なのが不気味だ。たまたま同じ方向なだけよね……。

無我夢中でしばらく歩を進めていると、いつの間にか大通りからはずれていて立ち止まる。周囲には人がおらず、もうすぐ日の入りなのか辺りは暗い。

恐怖心が湧き上がってきて、鼓動が嫌な感じに騒ぎだす。

片耳に入れたワイヤレスイヤホンからは最短距離での道案内が聞こえてきて、どうしたらよいものか困惑する。

やはり大通りに戻った方がいい。

振り返ったとき、さっきの男性がすぐそばに立っていてビクッと体をこわばらせる。

「Give me the money. If you give me money, I'll leave.」（金を出せ。金を出せば去る）

ろれつのまわらないようなしわがれた男の声に心臓が暴れだす。すえたようなツンと鼻を突くにおいと、この状況に吐き気をもよおしてくる。

恐怖で体が硬直した私の腕が鷲掴みされる。

「Get the money quickly!」（早く金を出せ！）

「Yes……」

ショルダーバッグに震える手を移動した。

目もうつろで、もしかしたら薬物中毒者なのかもしれない。

祖父が殺されたことを思い出す。

じりっと男が距離を詰めたその刹那。

「Damn it!」（くそっ）

ポリスカーがけたたましいサイレンを鳴らしてこちらにやって来るのが見えたのと、男が走り去ろうしているのは同時だった。

男がいなくなり、へなへなと地面に座り込む。

私の横にポリスカーが停車し、中から警官が出てきて胸をなで下ろす。

ひとりの警察官は男を追いかけ、もうひとりの体躯のいい警察官は私のところへやって来てしゃがみ込む。

「Are you OK? Are you hurt? Was anything taken?」（大丈夫ですか？　けがは？　なにか取られましたか？）

「It's okay……」

心臓が口から出そうなくらい暴れていて、警察官が立ち上がらせてくれるが脚もがくがくしていてふらついたところを支えられる。

助かった……。

安心したら涙が込み上げてきて必死にこらえる。

「お嬢さん、住まいは？」

「観光客です」

「ホテルまで送りましょう。そこで事情聴取します。電話、鳴っていますね」

警官に促されてスマホが鳴っていることに気づく。ポケットから出して画面を見ると、蒼さんだった。

約束の時間を五分過ぎている。

「あ……」

通話をタップして出る。

《どうした？》

「そ、蒼さんっ、今、お、襲われて――」

蒼さんは一瞬息をのんだような声を漏らし、声が大きくなる。

《なんだって⁉　どこにいる？　けがは？　迎えに行く》

「大丈夫です。金を出せって脅されて、すぐ警察官が現れて」

《今そこに警官はいるのか？　いるなら代わってくれ》

警察官に電話の相手が話をしたいと言うと、私のスマホを受け取り蒼さんと話し始める。

ふたりの会話は早口の英語でほとんど聞き取れず、スマホを返される。

「もしもし……」

《ホテルで待っている》

「はい……」

男を追った警察官が戻ってくる。あの男は連れていないので見失ったようだ。

警察官は私をポリスカーの後部座席に座らせた。

ホテルの前に到着し、ポリスカーから降りた先に蒼さんが待っていた。

「芹那！」

蒼さんが近づき、驚くことに抱きしめられる。

どうして……？なんて聞く余裕はなく、一番安心できる胸だと実感する。

「肝を冷やさせないでくれ……心臓が一瞬止まった」

「ごめんなさい」

「いや、怖い思いをしたのは芹那だ。本当に大丈夫なのか？」

体を離して、私の顔から足もとまでよく見ようと注視していく。

「はい。怖かった……殺されるかと……」

蒼さんの顔を見たら、もう大丈夫なのだと安心して涙があふれてきてポロポロ頬を伝わっていく。

「かわいそうに。もう大丈夫だ。ここにいる間、二度と危険な目には遭わせない」

彼はハンカチで私の涙を拭ってくれる。

まるで兄のように。兄……。渉兄さんだってこんなふうに涙を拭いてくれたことなんてない。

その後、ロビーの端のソファで警察官に襲われたときの状況を説明し、彼らは帰っていった。

手紙を受け取りに行ったことから一部始終話をしたので、蒼さんも状況を理解し同情の色の瞳を向けている。

「蒼さん、ごめんなさい。あのホテル近辺は危ないって教えてくれていたのに……」

「小言を言うつもりはない。充分怖い思いをしたんだからな」

膝の上で組んでいる手に、ふいに蒼さんの温かい手が重ねられる。

「冷たいな。まだショック状態だ」

男と対峙したときのことがフラッシュバックして、ぶるっと震えが走る。

「夕食を外で食べられる気分じゃない？」

優しく蒼さんが問いかけてくる。

夕食を食べた後またひとりになったら、怖くて一睡もできないかもしれない。

もちろん遅くまで彼と一緒にいられないのはわかっている。でも少しの間だけでいいから……。

「そばに……いてほしい」

つい言葉が出てしまった。

こんなことを言っても彼を困らせるだけだ。早く訂正しなければ。

「ごめんなさい……！　困りますよね、気にしないで……」

「いや、君をひとりにはしておけない。チェックアウトして俺のところに来て」

「え……？」

「どの道、明朝チェックアウトして墓参り後ニューヨークへ行くだろう？　ショック状態の君をここに置いていけないし、俺は一泊の準備をしなくてはならない。俺の家に泊まればそばにいてやれる」

驚きの提案だったが、今のままでは落ち着かないし、ひとりになりたくない。

「……ご迷惑おかけします」

「部屋へ一緒に行っても大丈夫か？」

「はい。平気です」

ソファから立ち上がるときもまだ脚がしっかりしていなくて、人間って衝撃を受けるとこんなふうになってしまうんだと実感した。

一歩踏み出すと腕が蒼さんに掴まれる。

「行こう」

支えられる腕をありがたく思いながらエレベーターに向かった。

荷物はキャリーケースに片づけていたので、少しテーブルに出ていた物をしまい、洗面所から花束を持って戻る。

「綺麗な花だな」

「マーケットで見つけて。お墓にお供えしたくなって」

「喜ぶだろう。忘れ物はないか？」

「はい。ないです……もう一度見てみます」

そう言いつつも、先ほどのホテルに手紙を落としてしまったので自信がなく、クローゼットや部屋をもう一度チェックした。

「忘れ物はないです」

彼のもとに戻ったら、私の顎が長い指でふいに持ち上げられる。

「顔色が悪い。気分は？」

ドキッと心臓を跳ねさせてしまうが、患者を診る眼差しの蒼さんだ。

「そ、そんなに青いですか？　蒼さんのおかげで気分も落ち着いてきてます」

反対の指が手首に触れる。鼓動が速くなってしまったことがバレてしまう。

慌てて手を引き、首を左右に振る。

「今動いていたので心拍数は上がっています。心配なら後で診てください」

「わかった。ではチェックアウトしよう」

蒼さんはキャリーケースを引き、片手で私の腕を支えて部屋を出た。

蒼さんのアパートメントに到着した。

日本でいうアパートではなく、街の雰囲気に合う石造りの大きな七階建ての建物で、リッテンハウス・スクエアという公園の近くにある。来る途中にカフェやレストランなどが目に入り、住みやすそうな地域だと思った。

セキュリティチェックをする警備員がいて、車は地下のスロープをゆっくり下りていく。

車から降りて蒼さんは私のキャリーケースを引き、私は花束を抱えてエレベーターに乗った。

七階まで上がり、降りていくつかのドアを過ぎて蒼さんは立ち止まる。

「ここだ」

指紋認証のドアを開けて私を促す。

ずっと不安にさいなまれていたが、このアパートメントのセキュリティに驚くとともに肩から力が抜けていくような、ホッとする気持ちになった。

「すごいアパートメントですね……」

「中はそれほど広くない。ワンフロアで部屋の仕切りがないんだ。どうぞ。うちでは土足厳禁なんだ」

蒼さんは玄関の棚を開けて、紺のシンプルなスリッパを出してくれる。

「ありがとうございます」

スリッパを履いて中へ進むと、四十畳はありそうなスペースにキッチン、四人は座れそうな大きなカウチソファとセンターテーブル、キングサイズのベッドやクローゼットが配置されている。マホガニー材だろうか、落ち着いた色味のデスクがある。物があまり出ていないスッキリした部屋だ。

部屋の中はセントラルヒーティングなのか、半袖でも充分過ごせそうなほど暖かい。コートを脱ぐと蒼さんが引き取ってくれる。

彼はジャケットを脱ぎながらベッド近くのクローゼットに近づき、コートをハンガーにかけて近くのフックにぶら下げてから戻ってくる。

「疲れただろう。夕食を作るからソファで待っていて」

「蒼さんが？　私が作ります」

「いや、俺が作るよ。ステーキは食べられる？」

両肩に蒼さんの手が触れて、ダークグリーンのカウチソファに座らされる。

「でも……作ってもらうのは申し訳ないです」

「気にしないで。君はお客様だ。それに休むべきだよ。横になっていればいい」

「蒼さん……」

「ほら、脚をのせて」

実のところ、朝から歩き回り、あんなことがあって心身ともに疲弊している。だからといって彼の前で横になるなんてできないと躊躇していると、両足首が持ち上げられた。

「きゃっ」

驚いているうちに脚がカウチソファにのせられた。体が倒れ、カウチソファのアーム部分がちょうど頭の下になる。

「それでいい。空元気にしていても俺にはわかるからな」

「ご迷惑ばかりで……ごめんなさい」

「そんなふうに思っていない。むしろ芹那の力になれてよかった。三十分はかかるから眠ってもかまわないよ」

「……はい」

気遣ってくれる蒼さんに感謝しながら目を閉じた。

瞼の裏には脅してきた男の顔が現れたが、ここは安全な場所なのだと言い聞かせているうちに眠りに落ちた。

「芹那」と名前を呼ばれながら肩を揺すられて、ハッとなって瞼を開ける。

「あ！　先生」

覗き込む蒼さんに思わず〝先生〟と言ってしまい、彼は苦笑いを浮かべる。

「ぐっすり眠っていて起こすのは忍びなかったが、冷めてしまうし、後で眠れなくなるかもしれないから」

体を起こして首を左右に振る。グレーの毛布がかけられていた。

「いいえ、いつの間にか眠ってしまって……」

「それでいいんだ。少しは気分がよくなったか？」

「だいぶ……」

眠ったのが中途半端だったせいか、微《かす》かに頭痛がしている。

そこでローテーブルに料理が並んでいることに気づく。

大きくて分厚いサーロインステーキは食べやすいようにカットしてあり、添えてあるのはニンジンとじゃがいものボイルしたもの。バゲットが切られていて焼いて皿に盛られている。薄い緑色したディップのような皿もある。

「ダイニングテーブルはないから、普段もここで食べているんだ」

「すごくおいしそうです」

「食べよう。そうだ、アルコールは？　ビールかワインか。ミネラルウォーターはあるよ」

「ビールをお願いします」

飲んだら気分が晴れるかもしれない。

「OK」

蒼さんはキッチンへ歩を進め、缶ビールを二本手にして戻ってきて隣に腰を下ろす。

プルトップを開けて私に手渡してくれた。

「いただきます」

アルコールは初音と食事をしたときに飲む一杯程度で、普段は飲まない。

ひと口飲むと苦みが口の中に広がるが、しゅわっと喉越しがいい。すぐに胃が熱くなる。

「蒼さんはお料理ができるんですね。すごいです」

「ひとり暮らしが長いからな。忙しいとジャンクフードばかりになるから、極力簡単に料理ができる材料をストックしているんだ。今日みたいにステーキが多い」

フォークでステーキを口に運び、ゆっくりそしゃくする。ガーリックと醤油とバターのソースが懐かしさもあっておいしい。

「お店で食べているみたいです」

「バゲットも食べて。ステーキのソースをつけてもいいし、アボカドディップをのせ勧められるままにアボカドをバゲットにのせて食べる。こちらもクリーミーでおいしい。

「とってもおいしいです。どこで習ったんですか？」

そう言ってから、もしかしたら恋人に作り方を聞いたのかもと脳裏をよぎる。

「ネットを見れば材料さえあれば作れる」

蒼さんもバゲットにアボカドディップを塗って口に入れる。

「なんでもできるんですね。できないことって、ありますか？」

「とくに考えたことはないが……俺のことはいいから温かいうちに食べろよ」

食事をしながら、蒼さんから教えてもらったイギリス人作家の推理小説の最新刊を読んだか尋ねる。

「まだ読めていないんだ。ここにある」

ローテーブルの下に棚があって、そこから単行本を手にする。

「原書じゃないですか」

日本語に訳されたものではなく、英語の本だ。

「和訳のことは頭になかったな。書店で見つけたから買ったんだが」

「これをスラスラ読めるなんてすごいです」

開いてみるも、私の英語能力では辞書が必要だ。

「ジュニアハイスクールからアメリカの全寮制の学校にいたから当然だよ」

中学生の頃からアメリカで生活していたことにびっくりだ。

「そういえば、蒼さんはおいくつなのでしょうか？」

思いきって尋ねる。

「三十五だ。だから、こっちに住んでいる方が長い」

「退院するとき看護師さんから、朝霧先生はすごく優秀で、そうでないとあの若さで執刀医になれないと聞かされました。私は運がよかったのだと」

「君の腫瘍はそれほど難しい場所ではなかったから、ほかの者でも充分できたはずだ。それより、ちゃんと定期的に検査はしているか？」

私が脳腫瘍の話を振ったせいで、蒼さんは患者に接するような口調になる。

「翌年に……」

毎年と言われていたので声が小さくなる。

「まったく。帰国したら行くんだぞ」

「はい。約束します」

帰国後は当分仕事が忙しくて行けないと思うが。

食事後、バスルームを使わせてもらいシャワーを浴びてパジャマに着替えてから部屋へ戻る。

ほとんど知らない男性の自宅で過ごしているのに、不思議と安心感がある。

「お先にありがとうございました」

蒼さんは壁を背にして配置されているデスクでノートパソコンを使っていたが、顔を上げてなにかに気づいた様子で立ち上がる。

「ドライヤーで乾かした方がいい」

彼は洗面所へ私を連れていき、ドライヤーを渡すと出ていく。

スイッチを入れて鏡を見ながら乾かした。

部屋へ戻ったところで、蒼さんが近づきソファに座るよう促される。

腰を下ろすと、彼はアーム部分に腰を掛けて写真を二枚渡してくれた。

「これは……」

アンティークソファに座る老齢の男女の姿に、目が大きくなる。

もう一枚は十名ほどが並んだ集合写真で、真ん中に立つ祖父母やほかの人たちは首からメダルを下げている。

「パウエル教授と奥様だ。十年以上前のものだが、亡くなる前あたりもそれほど変わっていなかったよ。慈善団体から貢献のメダルをもらった写真だ」

祖父は美しい銀髪で身長が高い。祖母は母と同じブラウンの髪に白髪が交ざっているが、シルバーのドレスがよく似合っていて上品な人に見える。

ふたりとも絵になる夫婦だった。

「おじいちゃんとおばあちゃん……」

笑顔の祖父母の顔を人さし指でなでる。

「君の髪はおばあさん譲りだな」

「母が……おばあちゃんと同じ髪色でした……」

ここへ来るのが四年早ければ、祖父だけでも会えたのにと後悔の念に駆られ、涙腺が緩んでくる。

「芹那」

写真を持つ手が震える私の髪に、蒼さんの手が触れる。

「常に死に直面する仕事をしていると、こう思うんだ。天国で痛みもなく、苦しむことなく、幸せに過ごしていると」

「そうだといいです……」

涙がこぼれ、あふれ出てくるのを止められない。

蒼さんはセンターテーブルの上に置いてあるティッシュで私の涙を拭う。

「教授は先に亡くなった奥様と再会し、もしかしたら君のご両親とも会って仲よく過ごしているのではないかと思うんだ」

そうなっていたら素敵だ。死後の世界はどうなっているのかわからないけれど、四人で幸せに過ごしてくれているといい。

「ご両親はずっと芹那を見守っている。教授もきっと君の存在をわかってくれたはずだ。今日のことも、大事に至らなかったのは守られていたからだと思ったら、少しだけ気持ちが軽くなるんじゃないか」

ポリスカーがやって来たのは本当に幸運だった。

「……はい。たしかに守られていたのだと思います」

「その写真はもらってくれ」

「いいのですか？」

蒼さんが微笑みを浮かべる。きりっとした表情が途端にやわらかくなる。

「ああ。俺よりも芹那が持っている方がふさわしい」

「ありがとうございます。宝物が増えました」

ソファの端に置いていたショルダーバッグから母の手紙を出して、その中へ写真を入れる。

「シャワーを浴びてくる。先にベッドで寝ていてくれ。俺がソファで寝るから」

彼はすっくとカウチソファから立ち上がる。

「蒼さんがベッドで寝てください。私はここで大丈夫です」

「ベッドの方が快適に眠れるはずだ。ちょうど今日ハウスキーパーがリネン類を替えたばかりだし」

部屋が綺麗だと思ったら、ハウスキーパーがいたのだ。

「気にしないでください。さっき寝心地がよくてあっという間に寝てしまったので私はここで」

「……わかった。じゃあ、ここで寝てくれ。明日は八時にここを出て、途中で朝食を食べて向かおう」

「なにからなにまでありがとうございます。蒼さんがいてどんなに心強いか。このお礼は絶対にしますから」

蒼さんはふっと口もとを緩ませる。

「礼なんかいらない。進んでしているだけだ。おやすみ」

そう言って、部屋のライトを消してカウチソファそばのライトをつけて薄暗くした。

「おやすみなさい」

体を横たえ毛布をかけていると、彼がベッドからクッションを持ってきてくれた。

もう一度お礼を言って目を閉じた。


誰もいない路地。大通りに出たいのに、さっきから同じ場所をグルグル回っているだけ。

早くここから出ないと！

背後からズズッとなにかを引きずるような音が聞こえてくる。

なんの音？と振り返ったところに、身なりの汚い男が立っていて、ガシッと肩を掴まれた。

「キャーッ！」

男を振り払い、「いや！　来ないで！」と叫びながら走る。

だけど脚が重くて逃げようにも逃げられない。気づけば目の前に何人もの男たちがいた。

「いやーっ！　あっち行って！」

「芹那！　芹那！　目を覚ますんだ」

肩を揺さぶられて意識が浮上し、ハッとなって目を開けた。

部屋の電気の明るさに目を瞬かせる。

「あ……夢……」

「そうだ。安心しろ。悪い夢を見たんだ」

体を起こし、鼓動がどうにかなってしまいそうなほど早鐘を打っている胸に手をあてる。ブルブルと震えが止まらない。

「水を持ってくる」

その場に取り残されたくなくて、蒼さんのパジャマの裾をとっさに掴む。

「すぐに戻るから」

優しく諭されて裾を離した。

夢を思い出してぶるっと震えが走り、両腕で体を抱きしめる。

彼が戻ってきてペットボトルからカップに注ぎ、手に持たせてくれる。

冷たい水が喉を通っていく。額に手を持っていくと、じんわり汗ばんでいた。

蒼さんが隣に座ってくれたのと、水のおかげで少し落ち着いてきた。

「起こしてしまって、ごめんなさい。今何時……」

「一時だ。起きていたから謝る必要はない」

私が寝入って二時間くらい経ったところだ。

「大丈夫か？」

「逃げても逃げても男が追いかけてきて……そしたらいつの間にか五、六人が立って
いて……怖かった……」

「かわいそうに」

蒼さんは私の肩をそっと抱き寄せ、頬が彼の胸の辺りにあたる。

あんな夢は初めてだった。夕方の出来事が思ったよりもかなり心にダメージを与え
たようだ。

蒼さんの腕の中は気持ちが落ち着いてくるような感覚で、夢のショックから平常心
を取り戻そうしていると、ふいに抱き上げられた。

「そ、蒼さん」

ベッドの方へ移動して下ろされ、かけ布団がめくられる。

「横になって。また夢を見たらすぐに起こすから」

「本当に……迷惑をかけてばかりでごめんなさい」

「怖い目に遭ったんだ。謝ることはない。ほら」

再度勧められ、体をひんやりするシーツに倒して蒼さんに背を向ける格好になった。

もう今日になるが、出かけるので彼にはベッドでひとりゆったりと寝て睡眠を取ってほしい。そう思うのと同時に、ひとりでカウチソファに取り残されたらまた夢を見るかもしれなくて怖かった。

蒼さんは煌々とついていた明かりを消し、カウチソファのライトで部屋はほのかなオレンジ色に包まれる。

ベッドの反対側に回った彼はシーツに横たわった。

「そんなに端にいると落ちるぞ」

次の瞬間、蒼さんに引き寄せられて振り返らされ、抱き込まれる。

「あ、あの……」

悪夢でまだ心臓が暴れているところへ、胸の中に閉じ込められてさらに鼓動が早鐘を打つ。

「襲うつもりはないから安心して眠るんだ」

もちろんそんなことは一ミリも考えていない。けれど、フィラデルフィアに来てから何度か蒼さんに抱きしめられることはあったが、ベッドの上で腕枕をされるのとはシチュエーションが違う。

でも、安心できるのはたしかで、彼の呼吸するときの微かな胸の動きが心地よく感じられた。

楽しいことだけを考えようと目を閉じた。

ふと目を覚ます。カーテンの隙間から明かりが差し込んでいて、もう朝なのだとぼんやり思った瞬間、まだ蒼さんの腕枕で眠っていたことに気づき、弾かれたように体を起こした。

彼はまだ眠っている。

「蒼さん、蒼さん」

起こすのは忍びないが、もう起床時間だろう。

名前を呼ぶと、彼は眠そうに瞼を開ける。

「腕は痺《しび》れていませんか？　ごめんなさい」

彼は突として顔をゆがめて、腕枕をしていた手をもう片方の手で掴む。

「だ、大丈夫ですか⁉」

長時間同じ体勢だったから腕の感覚がないかもしれない。

焦って蒼さんの腕をさすると、「クックックッ」と、押し殺した笑い声がした。

おもむろに体を起こす蒼さんをあっけに取られて見つめる。

「冗談だ。痺れていないよ」

「びっくりしたじゃないですか。大事な手なのに……」

「すまない。芹那の反応がかわいくて」

頭をポンポンとなだめるように軽くなでられる。

「かわいくなんてないですよ。心配するのは当然です。本当に大丈夫なのでしょうか?」

もしかしたら本当は痺れているけれど、私に気を使わせたくなくてそう言っているのかもしれないと考える。

「疑り深いな。本当だ。それよりも悪夢は見なかったか?」

「はい。夢を見ないでぐっすり眠れた気がします。蒼さん、ありがとうございました」

まだ悪夢は鮮明に覚えていて、あの男の顔を思い出すとぞわっと背筋が凍りつきそうになる。忘れなきゃ。

「よかった」

蒼さんは笑ってベッドサイドの時計へ視線を動かす。

「七時か。出かける準備をしよう。先に洗面所を使うといい」

「はい。ではお先に失礼します」

ベッドから降り、キャリーケースから着替えを持って洗面所へ向かった。

四、変化する関係

蒼さんの運転する車は祖父母が眠る墓地へ向かっている。

その前に道路沿いにあるレストランに車をつけた。アパートメントを出て三十分が経ち、今は八時三十分だ。

気持ちいいくらいの晴天で、それほど寒いと感じない。

ウエイトレスに窓際の四人掛けのテーブルへと案内されて、メニューを見る。

ジュークボックスがあって、装飾品は八十年代のような古めかしい雰囲気のあるレストランだ。

観光客が来ないようなお店で食事ができるのも、蒼さんのおかげだ。

「なにを食べようか？」

「私、決めました」

「早いな」

「ひと目見て、これが食べたいって思ったんです。朝から大食いだなんて言わないでくださいね」

メニューに指を置いて笑みを浮かべる。

「そんなことは言わない。朝はたくさん食べた方がいいんだ。俺もこれにしよう」

蒼さんはフレンチトーストとベーコン、スクランブルエッグやソーセージ、サラダが大きなプレートにのった私と同じメニューを選んだ。

ウエイトレスにホットコーヒーとカフェオレもオーダーし、料理よりも先に飲み物が運ばれてきた。

店内は暖かいとはいえ、カフェオレを飲むと体の芯までいきわたるようでホッと息をつく。

今日の服装は、蒼さんと病院で会った時に着ていたコーデュロイのワンピースの上にクリーム色のセーターを重ねている。

蒼さんは紺のセーターと黒ジーンズ姿で、大人の落ち着いた雰囲気を醸し出し、本当にかっこいい。体躯は大柄な欧米人と同等で、顔立ちもずば抜けて整っている。

ドクターという素晴らしい職業に就いていて多忙な人が、私に時間を割いてくれるなんて心から感謝の気持ちでいっぱいだ。

そんなことを考えつつ、蒼さんと店内の装飾の話をしているうちに、ブレックファーストメニューのプレートが運ばれてきた。

メープルシロップは直接たっぷりかけられている。

「ベーコンとフレンチトーストを一緒に食べるとおいしいぞ」

「そうなんですね。いただきます」

プレートにはぎっしりと料理がのっていて、さっそくナイフとフォークでベーコンとフレンチトーストを切って口に入れてそしゃくする。

「んー、おいしいです。甘じょっぱさが癖になりそうです。この食べ方いいですね。日本へ戻ってから作ってみます」

数日後には帰らなければならないのだと思うと、切なさに襲われる。

私、まだ戻りたくないと思っているんだ……。

「気に入ってくれてうれしいよ」

蒼さんは私の世話が終わってやれやれと気持ちが楽になるかも。

「どうした？」

「え？」

ハッと考え事から引き戻される。

「考え事でも？」

「そ……そんなところです。地元の朝食を食べられるなんて幸せだなって」

「祖父母に会えず、昨日あんなことがあって複雑な気持ちだろうが、楽しんでくれているみたいでよかった。そんな芹那を見ていると俺はうれしい。順応性があるからこっちでも暮らしていけそうだな」

『こっちでも』の言葉にドキッと心臓が跳ねる。

蒼さんは別に意味のある言葉を言ったつもりじゃないだろう。

「……はい。いろいろありましたが、ポジティブに考えたら本当に幸せだと感じます。これ、すごくおいしい」

大きめにフレンチトーストを切り、ベーコンと一緒にフォークで刺してパクッと口に入れた。

食事が終わり会計レジで蒼さんが支払いをしているとき、ドアが開いて男性が入ってきて私の背後で立ち止まった。

ビクッと肩が跳ねる。

その人はレジにいるウエイトレスに話しかけただけなのに、恐怖心が襲ってきて過剰に反応してしまった。

「大丈夫だ」

会計を済ませた蒼さんは私の頭をポンポンと叩いてドアへと進ませた。

レストランを出ると手を握られて、車へ連れていってくれる。

彼の大きな手に包まれ、温かさに安心感を覚えた。

「もう怖い思いはさせないと言っただろう？」

「……はい。ふ、ふいだったので。もう平気です」

そう言って助手席に乗り込むが、脚がすくみそうだったので座れてホッとした。

車は大きな道路から少し外れ、十時前に祖父母の眠る墓地へ到着した。

外国の墓地に初めて足を踏み入れるが、日本と異なり同じ大きさの墓石が等間隔にずらりと並ぶ光景は見慣れず、もしひとりでここを訪れていたらうすら怖くて仕方なかっただろう。蒼さんの存在がありがたい。

それほど規模は大きくない敷地で、ところどころ膝くらいの高さの墓石に花輪が置かれている。

「こっちだ」

何度か訪れているという蒼さんは、私を祖父母の眠るお墓へスムーズに案内してくれる。

祖父母のお墓は隣同士に並んでいた。

驚くことに花輪がふたつにかけられている。まだ数日しか経っていないような綺麗な花輪だ。

「お花が……」

「おそらく教授が寄付をした慈善団体の人だと思う」

「……よかった。亡くなっても祖父母を覚えてくれている人がいて」

「そうだな。安心してくれ。教授は慈善団体にかなりの功績を遺した人だから、これからも訪れてくれるだろう。俺もここにいる限りはときどき来るから」

私は年に一度でも来られるかわからない。こうして祖父母の知り合いが訪れてくれるのは、本当に喜ばしいことだ。

「Professor Powell, I brought your granddaughter. She is a very kind and beautiful young lady who came all the way from Japan to meet you.」

(パウエル教授、お孫さんを連れてきましたよ。はるばる日本からあなたに会いに来た、心優しい綺麗なお嬢さんです)

私が心優しくて綺麗……。

蒼さんが挨拶し、私は花束を墓石の上に供えた。

大きい花束なので、ふたりの墓石にかかっている。

こちらのしきたりなどはわからないが、墓石の前にしゃがんだまま両手を合わせ、心の中で自己紹介をする。それから母の手紙の件や、ふたりに会えなくて寂しいなど、五分ほど英語で祖父母に語りかけた。

会えずに無念のひと言で、目頭が熱くなった。

立ち上がったとき脚がふらつき、うしろで見守ってくれていた蒼さんに支えられる。

「ありがとうございます」

「君の訪問を喜んでくれているはずだ」

瞳を潤ませる私に、蒼さんは言葉をかけてくれる。

「はい。このような結果になってしまいましたが、蒼さんのおかげでお墓にも来られ、本当にいろいろありがとうございました」

「礼はいいって言っているだろう？　教授たちも君がいつまでも悲しみを引きずるのはよくないと思っているはずだ。ニューヨークを楽しもう。では、行こうか」

「もしかしたら、この機会を設けてくれたのは祖父母かもしれないですね」

「ああ。そうかもな」

蒼さんは麗しく笑みを浮かべた。

「あ！　飛行機！」

進行方向左手に空港が見えて、離発着している航空機に思わず声が漏れる。

「ああ、ニューアーク・リバティ国際空港だ」

蒼さんはステアリングを握りながら、もう少し行くとヴィンセント・R・カシャーノ記念橋を渡ると説明する。

「ニューヨーク州へ入る前に、自由の女神を見に行ける船乗り場があるから行こうか」

「自由の女神！　絶対に行きたいです」

「だよな？　ニューヨークへ行ったら自由の女神を見ないなんてありえない」

そう言って笑う。

しばらくして車は州立公園の中のパーキングに止まり、そこから徒歩で自由の女神があるリバティ島へフェリーで向かう。反対側のバッテリーパークからの方が、マンハッタンに泊まっているときは近いらしい。

遠くにある自由の女神像が近づくにつれだんだんと大きくなっていき、この目で実物を見られていることに感動を覚える。

「すごいです。圧巻……」

もう何枚スマホで写真を撮ったかわからない。

私が楽しんでいる様子を、蒼さんは見守ってくれている。

「蒼さんは数えきれないくらい訪れているのでしょうか？」

「いや、フェリーに乗って近くまで来るのは数えるくらいだ」

フェリーは十五分ほどでリバティ島に着いた。いろいろな国籍の乗客がぞろぞろフェリーから降りていく。私たちもリバティ島に上陸した。

周りが海なので晴天でも風が吹くとぶるっと寒い。なのに、薄着の人もいて人の体感はいろいろなのだと思った。

そういえば、伯父のホテルに泊まる外国人は日本人が長袖を着ているのに、半袖で平気で観光に出かけていく人もいた。

自由の女神は背を向けていて、ビジターセンターへ入りチケットを購入する列に並ぶ。順番になり、蒼さんが買おうとするところを止める。

「今度は私が払います」

「なにを言っているんだ。そんなのは気にしなくていい」

先ほどの朝食を食べたレストランでも同じ答えが返ってきた。

「でも、車も出していただいているし……」

「俺は医師で収入がある。気にしないでくれ。ほら、うしろから遅いと不満が出る」

「すみません……」

「遠慮はいらない」

そう言って蒼さんはチケットを購入した。

自由の女神の王冠部分、クラウンまで行けるチケットは数カ月前に予約をしなければならず、当日券はないようだ。三百段以上とあるので、運動不足の私では上れるかどうか……。でも次回来る機会があれば、予約してクラウンまで上ってみたい。

「自由の女神を見に行こう」

「はい」

そこを離れ、お土産屋さんを通り過ぎて星形の台座の前へやって来た。

「すごく大きい。お台場《だいば》にあるのとではまったく違いますね。圧巻です」

初音とお台場へ遊びに行ったことがあり、そのときに自由の女神像を近くまで行って見た。あそこも海があって眺めがよかったけれど、ここは規模が違い感動している。

いろいろな角度で写真をスマホに収め、蒼さんとも外国人観光客が「撮ってあげるよ」と言ってくれたので、何枚かツーショットを手に入れられた。

「あれがマンハッタンだ」

ビル群のある方角を蒼さんは示す。

「マンハッタン！　夜だったら夜景が素敵ですね」

「そうだな。今夜見られるよ」

「本当ですか？　最高です」

蒼さんににっこり笑う。

「連れてきてくれてありがとうございます。この旅で思ったんです。自分で人生を切り開きたいと。ここに来て視野が広くなった感じです。それになんでもできそう」

「ああ。君にならできる」

「はいっ、あ！　記念にお土産を買いたいです」

お土産屋さんで自由の女神のキーホルダーを買う。バッグなどにつけるわけではないが、ここへ来た記念が欲しかった。

リバティ島からフェリーに乗り、車まで戻ると、時刻は十三時になろうとしていた。

「ランチタイムを過ぎてしまったな。おなか、空いているだろう？」

エンジンをかけた蒼さんは、シートベルトを装着している私に尋ねる。

「朝食をいっぱい食べたのでそれほどでもないですが、蒼さんは空いているんじゃないですか？」

「そうだな。これからブルックリンで食事をしよう」

「はい」

蒼さんがニューヨークへ誘ってくれた後、観光地をスマホで調べたので、有名なところであればわかる。

ブルックリンはマンハッタンの南に位置し、もともと工場が多い地域だったが、地価が安いこともあってアーティストなどが住み、今ではおしゃれな店が多いエリアになっているそうだ。

蒼さんは車をパーキングから出庫し、ブルックリンへ向けて走らせた。

自由の女神も間近で見られ、ニューヨークの景色を車窓から眺めながら、今までにない体験をしているのは、夢ではないだろうかとさえ思ってしまうほど幸せな気持ちになっている。

この時間が長く続いてほしい……。

何気なく運転をしている蒼さんの整った横顔を見る。

姿、声、仕草。どんなことを彼がしても胸が高鳴ってくる。

三年前の病室でも、執刀医としての説明を受けたときから素敵な人だなと思った。

伯母のひどい言葉に落ち込んでいるとき、蒼さんの気遣う言葉でどんなに励まされたことか。

文庫本を持ってきてくれるさりげない優しい一面もあって、お礼を伝えたかったのに渡米してしまいもう会えないとわかったとき落胆した。

ううん……。お礼は口実で、蒼さんにただ会いたかったのだ。

あの頃もドクターとして尊敬の念を持ち、優しい彼に心寄せていたが、今はもっと蒼さんに惹かれている。

だめだめ、別のことを考えなきゃ。

蒼さんが面倒を見てくれているのはひとえに、私が恩師の孫娘だからだ。

ちゃんとお礼をしなければ。でも、どうしたらいいのだろうか……。

「疲れた？　寝てていいよと言いたいところだが、もうすぐ着く」

「いいえ。まだまだです。本当に楽しくて疲れなんてまったく感じていません。蒼さんは運転もしていますから、疲れますよね。ありがとうございます」

「たかが二時間ほどの運転しかまだしていない。それくらいで疲れていたら時に十時間に及ぶ手術はしていられないよ」

彼は前を向きながらふっと微笑む。その横顔も素敵で、ドキッと鼓動が跳ねる。

「そうでした。一緒にいると、蒼さんがドクターだということを忘れてしまいます」

「執刀医だったのに？」

「ふふっ、そうですね」

笑っているうちに、車は道路沿いにあるパーキングスペースに止められた。

ブルックリン橋東岸直下にあるレストランは、イースト川の向こうにマンハッタンのビル群が見え、絵葉書のような景観が広がっている。

落ち着いた雰囲気のある高級レストランのようだ。

生牡蠣やエビのカクテルなどのシーフード料理、粉チーズがたっぷりのったシーザーサラダ、シンプルなキャロットケーキなど、美しい景色を眺めながら食事をした。

十五時過ぎ、セントラルパーク近くのホテルの前に車が止められた。

「ここ……は、五つ星ホテルでは？」

「そうだな。芹那に払ってもらおうなんて思っていないから安心しろ。さあ、降りて」

「でも――」

憂慮する私に微笑みを浮かべた蒼さんは、助手席のドアロックを解除した。すぐに外側からドアマンがドアを開ける。

蒼さんが荷物をほかのドアマンに指示し車の鍵も預け、私を建物の中に促す。

一連の慣れたような流れに、育ちのよさを感じた。

ホテルの中へ入り、フロントへ歩を進める。

ロビー内はゴールドとグレーのゴージャスな内装で、高い天井には豪華なシャンデリア、その下の黒い大理石のテーブルに大きな花瓶に活けられた美しい花が飾られている。

蒼さんがチェックインの手続きをしていると、ゴールドのラゲッジカートで私たちのキャリーケースが運ばれてくる。

「行こう」

チェックインを済ませた蒼さんに促され、ベルボーイの案内でエレベーターに乗る。

高い建物だが、私たちを乗せたエレベーターはかなり上で止まった。

部屋は隣同士なのだろうか。こんな高級ホテル、ひと部屋いくらするの……？

『払ってもらおうなんて思っていないから安心しろ』と言われても、蒼さんに負担をかけてしまう。

不安に駆られながらもペルシア絨毯の敷かれた廊下を進む。

ベルボーイはドアの前で止まり、ルームキーで鍵を開ける。

「蒼さん、部屋はふたつでは……？」

「入って。もちろんここにふた部屋ある」

「え？　ふ、ふた部屋？」

ひとつのドアでふた部屋あるっていうことは、スイートルーム？

入室して数メートルの廊下を進むと、ラグジュアリーなソファセットや会議ができそうなテーブル、プレジデントデスクが配置されている広いリビングルームがあった。

自分がスイートルームにいるなんて、開いた口が塞がらない。

窓の向こうには青空が広がっている。

背後で蒼さんがベルボーイに礼を言い、振り返るとスマートにチップを渡しているところだ。

ベルボーイは部屋を出ていき、彼が私のところに来る。

「スイートルームだなんて……」

「そんな顔をせずに窓からの景色を見て」

言われるまま窓辺に足を運び、下を見ると緑の公園が目に入る。

「明日の朝、セントラルパークで散歩してもいいな」

「蒼さん。本当のところ、ふた部屋を取るのだと思っていましたが、ひと部屋でもよかったかもしれません」

昨晩のことを思い出したら、また悪夢を見てしまうかもしれない。一緒のベッドで眠ったのだから、今さら恥ずかしいなどと言って別々の部屋にしなくてもいい気がしてきた。

だが、ベッドがふたつあったとしても、蒼さんはひとり部屋でゆっくりしたいのではないかと思ったりもする。

「俺も君がまた悪夢を見たらと思うとぐっすり眠っていられない。ここはふた部屋あるが、どうするかは寝るときに考えればいいんじゃないか？」

「……本当に？　私、蒼さんの睡眠の邪魔をしていませんか？」

「していないといえば嘘になるが」

蒼さんはやんわり端整な顔に笑みを浮かべる。

「や、やっぱり安眠を妨害していますよね？」

迷惑をかけてしまって本当に申し訳なく、頭を下げる。

「やはり違う部屋で寝ます！」

「そういうことじゃない」

即座に否定の声が聞こえ、困惑しつつ蒼さんを見やる。

「君のためになるならいくらだって一緒に眠る。ただ……」

「ただ？」

普段ははっきりものを言う蒼さんが言い淀んでいる。

「君に急速に惹かれている。こんなに誰かのために尽くしたいと思ったのは初めてだ。もちろん今こんなことを言うべきではないこともわかっている。でも信じてほしい。君を傷つけるようなことは決してしない」

思いがけない言葉に驚き、大きく目を見開いた。

「君が困っていれば手を差し伸べたいし、君の意見を尊重する」

私を見つめる熱い眼差しの蒼さんに胸が高鳴る。

「こんなこと言う男を前に、一緒に眠りたいなんて思わないよな。大丈夫だ。自制心は持っているから。だから今夜は別々に――」

彼の言葉が心に響き、喜びとともに離れたくないという感情が湧き上がって、気づけば自ら蒼さんの胸に飛び込んでいた。

彼は私を優しく受け止めてくれる。何度も抱きしめられているせいか、蒼さんの腕の中はしっくりくる。

　恥ずかしいが、仰ぎ見て微笑む。

「蒼さん、とてもうれしいです。あなたのような完璧な男性が私に惹かれてくれるなんて思ってもみませんでした」

「完璧？　買いかぶりすぎだ。ごく普通の男だよ。これだけは信じてほしい。俺は芹那、君を大切にしたい。笑顔見たさになんでもしてあげたいと思っている」

「私も蒼さんに惹かれています。三年前、手術の説明で初めて会ったとき、なんて素敵な先生なんだろうとまだぼんやりする頭で思いました。落ち込んでいたときにも『絶対に無理はするなよ』って言ってくれて、力をもらえました。本も読むかって現れたときもすごくうれしくて……。蒼さんがそんなふうに思ってくれていたなんて夢みたいです」

「そんなかわいいこと言われるとキスしてしまいたくなる」

　今まで彼氏がいたことないし、キスも初体験で恥ずかしいが自分に正直になりたい。

「蒼さんとなら……」

　彼の指が私の顎を優しく持ち上げる。目と目を合わせた次の瞬間、顔が近づき唇を塞いだ。

　味わうみたいに何度も重ね、キスが初めての私でもリラックスして蒼さんの唇の動きを楽しむ。

「そろそろ出かけないと予定が押してしまうな」

「予定を聞いていいですか？」

「ホテルのレストランを予約している。ドレスコードのある店だから、服を買いに行こう」

「ドレスコード？　そんなすごいレストランじゃなくても私はぜんぜんかまいません」

私を楽しませるためにスイートルームや高級レストラン、無理をしているのではないだろうか。

「最高においしい料理を提供するレストランだ。いろいろな経験をさせてあげたい」

「蒼さん……」

戸惑う私の唇に軽く唇を押しあてると離れ、頭のてっぺんを優しくポンポンと叩いて微笑んだ。

ホテル近辺をぶらりと歩いてから近くの高級デパートに連れてこられた。ホテル周辺はハイブランドの店舗ばかりだ。

高級デパートの婦人服売り場は、奇抜なディスプレイやマネキンが着ている露出度の高いドレスばかりで内心驚く。

「こんなドレスはとてもじゃないですが、着られません」

真剣にそう言うと、蒼さんはおかしそうに破顔する。

「もちろん、こんな羽を寄せ集めただけのドレスを着せる気はないよ。芹那にはもっと上品なデザインが似合う。こっちだ。知り合いのブティックがある」

少し行ったところの店の前へ案内された。ほかのテナントに飾られてあるドレスよりも、落ち着いたデザインのものがマネキンに着せられている。

「まあ！　ドクター・アサギリ！」

四十代くらいのブロンドの女性が、親しげに蒼さんと挨拶をする。

「キャサリン、彼女は芹那だ」

「ドクターの恋人ね！　初めまして。キャサリンよ」

気さくに笑い自己紹介したキャサリンは、私と軽くハグをかわす。

「ドレスを探しているんだ」

「彼女にぴったりなのがあるわ。ちょっと待っててね」

今にも踊りだしそうな足取りで、ブロンドの女性がバックヤードへと消えていく。

「彼女も俺の患者だったんだ」

「そうだったんですね。今はとても元気そうです」

「ああ。完治している。元気な姿を見ると、もっとたくさんの患者を救わなければと思う」

「人の命を救う仕事は大変ですが、喜びは大きいですね」

「芹那もお客様が楽しそうに帰っていくのを見るのは喜びだろう?」

「そうですが、私の仕事とでは次元が違います」

そこへベビーピンクの膝丈のドレスを抱えたキャサリンが戻ってきた。

「ミス・セリナをひと目見て、これが似合うとピンときたわ。どうかしら?」

スクエアのデコルテラインだが、首もとまでレースが施され、袖はふわっとふくらみがあり、手首十センチほどしまって小さな包みボタンになっている。

それほど広がりのないスカートは二重になっていて、オーガンジーでやわらかいイメージのドレスだ。

「美しいですね。こんな素敵なドレス着たことがありません」

「絶対に似合うわよ。試着をどうぞ」

奥のフィッティングルームに案内され、着替える。

袖を通し終え、鏡に映る姿は自分ではないみたいだ。

鏡の前でくるっと回ってみると、膝丈の裾がふんわりと広がる。

着心地はいいし、とても気に入った。でも……と値札を探して、見つけると驚きで目を見開く。

二千ドル……？　日本円に換算すると約三十万。

ひと晩着るだけなのに……。蒼さんは値段を知らないはず。

いくらなんでも買ってもらえないとファスナーに手を掛けたとき、ドアの向こうからキャサリンの声がした。

「いかがかしら？　着替え終わったらそこのミュールを履いて出てきて。ドクターが待ちきれない様子よ」

「は、はい」

仕方なくフィッティングルームから出て蒼さんの前に立つ。目と目が合った彼は口もとを緩ませる。

「キャサリンの見立ては素晴らしい。これをもらうよ」

値段を見ないで即座に決定する蒼さんに驚く。

「かなり高いんです。一度しか着ないのにもったいないです」

日本語で話す私に、彼は一瞬涼しげな目を大きくさせる。

「遠慮はいらない。一度きりではなく、このドレスなら友人の結婚披露パーティーなどに呼ばれても着られると思う。買わせてくれ。よく似合っている」

「蒼さん……」

まだ困惑している間に、蒼さんはキャサリンに向き直り口を開く。

「キャサリン、ドレスに合うヒールも頼む」

シルバーのストラップのパンプスをキャサリンは勧め、蒼さんはそれも購入した。

ホテルで着替えることにして、脱いだドレスとヒールはショッパーバッグに入れて渡される。

ホテルに戻ってきて、あらためて蒼さんにお礼を言う。

「最高に素敵なドレスやヒールのプレゼント、ありがとうございました」

「俺が強引に買ったんだ。気にしないで着てほしい」

「はい。このドレスはおばあさんになっても部屋にかけて眺めて、今日のことを思い出します」

この先、どんな未来になるのかわからないが、日本へ戻ったら自分自身で人生を切り開いていきたい。

「そこに俺はいるか？」

少し低めの甘さを含んだ声色で、蒼さんは私を見つめる。

「え？」

聞き間違い……？

「今……なんて……」

「ずっと先の将来、俺が隣にいるビジョンは？」

お互いが年寄りになったとき、蒼さんがいる……？

祖父母のアンティークソファに座った写真が思い出される。

あんなふうに仲よく一緒にいられたらと思うが、私たちの恋は生まれたばかりだ。

「そ、そんな先のこと……わかりません」

「俺は女性を軽々と好きにならない。心から惹かれ、好きになった芹那だから将来のことまで考えられる。俺は仕事でここを動けない。もし芹那が望んでくれるなら帰国後、また俺のもとに戻ってきてくれないか？」

「戻る……？　フィラデルフィアで蒼さんと生活を？」

「ああ。結婚したい」

蒼さんは真摯な眼差しで目と目を合わせて〝結婚したい〟の七文字を言った後、苦笑いを浮かべる。

「もっとロマンティックな場所で心の内をさらけ出したいと思っていたのに、君は俺を焦らす。しかもリビングの真ん中で突っ立ったままで、俺に言わせるとは」

「本気で、私と……？」

「もちろんだ。本心でなければプロポーズなんてしない。愛している」

「蒼さんっ！」

彼の胸に飛び込み抱きしめられる。感極まって涙が出てくるのを止められない。

「芹那、君を前にすると冷静さが失われるな。想いを伝えたくなる」

蒼さんは手の指の腹で頬を伝わる涙を拭って、唇を重ねた。

ドレスを買いに出かける前は唇をもてあそぶようなキスだったが、彼は同じようにしたのち、舌を口腔内に侵入させて舌を絡ませ、歯列や頬の裏をあますところなく蹂躙《じゅうりん》していく。

「んっ……」

独占欲に満ちたキスだ。

頭の中は蒼さんでいっぱいで、体は疼きを覚える。しかし、こんな感覚は初めてのことで、戸惑いながらも応えていくうちに脚の力がなくなりそうだ。

蒼さんの体に腕を回していなかったら、くずれてしまうと思ったところで、彼は私の唇を吸うように余韻を残して離れる。

「このままでいくと、手放せなくなる」

そう言ってやんわりと自虐的に微笑む。

「夕食は七時だ。バスルームはふたつあるから、ゆっくり入って支度をしよう。しばし君から離れるよ」

蒼さんは私の両頬に手をあてて、額にキスを落としてから唇に触れた。

「向こうのバスルームを使っておいで」

床の上のショッパーバッグを拾った蒼さんは私に手渡す。

「はい」

どこまでも甘い蒼さんに、胸のドキドキが止まらない。

蒼さんは私をリビングルームの左手の部屋へ促し、彼は右手の部屋へ向かった。

示された方へ歩を進め、ドレッシングルームの奥にあるバスルームを確認する。

スイートルームってすごい……。

本当に、私が蒼さんに愛されているの？　夢のようでふわふわ浮いているみたいだ。

バスタブに湯を張っている間に、ドレスをハンガーにかけヒールも床に置き、ショルダーバッグからもメイクポーチを出して、黒とグレーのコントラストが美しいスタイリッシュな洗面台の上にのせた。

バスルームはバスタブとシャワーブースが分かれていて、広々している。

丸いバスタブはジェットバスになるが、約束まで一時間しかないのでバブルバスにするのはやめて、ローズの香りのするバスオイルを少し垂らして体を沈めた。

温かさが体に染み入り、手足を伸ばして贅沢なバスタイムを楽しむ。

夢じゃないよね？

蒼さんのプロポーズがまだ百パーセントは信じられない。それは自分に自信がないからだ。

でも嘘をついたり、人の気持ちをもてあそんだりするような人じゃないと信じている。

そう考えると、気持ちが弾んで顔が緩んでくる。

夢じゃない。誰にも愛情を向けられなかった私が蒼さんに愛されている。

入浴後、バスローブを着てブラウンの髪を乾かし、頭のてっぺんでお団子にする。

メイクをしてからドレスに着替えてストラップのついているシルバーのヒールを履いた。ヒールの高さは五センチなので歩きやすい。

鏡で点検して約束の五分前にドレッシングルームを出た。

リビングではソファに座る蒼さんがタブレットを手にしていて、私の気配に顔を上げて立ち上がった。

ブラックのフォーマルスーツを着た蒼さんは、医者というよりもモデルか俳優みたいに洗練されている。

白衣を着ていても大人の色気があるが、今の蒼さんはさらに色気があって見惚れる。

「よく似合っている」

彼はボーッとなっている私のそばに歩を進めながら口もとを緩ませる。

「首までのレースがとても綺麗なので、髪を上げてみました。おかしくないですか？」

「細い首が見えて、姿勢のよさからもバレリーナみたいだ」

告白後の蒼さんは、友人から最高の恋人に変わっている。

彼の言葉で私の心臓は忙しい。

「蒼さん、すごくかっこいいです。スクラブに白衣姿も好きですが」

「スクラブに白衣の方が間違いなく着心地がいい」

腰に腕が回って、おでこに唇が触れる。

「唇にしたいところだが、今はやめておくよ。行こうか」

蒼さんの腕が腰に回り、エスコートされてホテルのレストランへ赴いた。

高級レストランで食事をするのは初めてで緊張するが、マナーはわかっているのでそつなくこなせるはず。

それにしても、窓から見える夜景が美しくて最高のロケーションだ。

「蒼さん、ものすごく幸せです」

薄い黄金色の気泡のあるシャンパンがグラスに注がれる。私たちはフルートグラスの柄を持って乾杯した。

「俺もだ。病院のロビーで振り返ったときの芹那の姿に見惚れたよ」

「すぐには執刀した患者だとわからなかったですよね？」

「ああ。あの頃よりも綺麗になっていたからな」

「ふふっ、それは病人だったからです。三年経ってもまったく変わっていないです」

極上のフランス料理を食べながら、怖いくらいの幸せになにか悪いことでも起こるのではないかと少し不安になる。

「それにしてもニューヨークの夜景は美しいですね。うっとりします」

窓の外に広がる宝石をこぼしたようなまばゆいばかりの夜景だ。

「食事を終えたら、着替えてタイムズスクエアを案内するよ」

「タイムズスクエアに？」

「ああ。ここから歩いて十分くらいだ。俺がいるから安心して」

「もちろんです。蒼さんがいてくれればなにも恐れるものはないです」

シャンパンを飲む彼に微笑んだ。


芸術的な盛りつけのデザートを食べ終えたのは二十一時を回った頃で、部屋に戻り着替えてタイムズスクエアへ向かう。

二十二時近いが観光客などで人が多く、通りではパフォーマンスをしている。立ち止まって見たりと、タイムズスクエアの雰囲気を楽しむ。

ネオンが明るくまるで昼間みたいだ。ミュージカルの看板も多くある。

とにかく賑やかで人々は意気揚々としている。もちろん私もここの雰囲気を存分に満喫している。写真もたくさん撮った。

「ジェラートでも食べる？　それともチョコレートを買おうか？」

この時間でも路面店はオープンしていて、覗いてみたい気もする。

ジェラート店の前は寒いのにお客さんが並んでいる。

「おなかいっぱいですが、チョコレートのお店を見てみたいです。明日食べたいので」

チョコレート店を見つけて、量り売りのホワイトチョコやナッツ入りのチョコを買ってホテルへ向かった。

スイートルームに戻ってきてコートを脱ぎ、蒼さんに手を出す。彼も脱いだところなので一緒にハンガーへかけに行こうとしたが、その手が掴まれて抱き寄せられる。

「そ、蒼さん……」

パサッとコートが床に落ちる。

「ベッドルームはどうする？」

「……蒼さんはどうしたいですか？」

見つめる瞳に鼓動がドキドキ暴れ始め、声が震えそうだ。

「お疲れなら別々で――」

「本気で言ってる？　俺が疲れていると？」

おかしそうに遮った彼は私の唇を食むように口づけて離れると、漆黒の瞳で見つめてくる。

「だ、だって、蒼さんがベッドルームはどうする？って……」

「たしかにそうだな。俺は芹那が疲れているようならひとりで寝かせようと思ったんだが、俺を心配するくらいなら一緒でもかまわないな?」

昨晩とは状況が違う。一緒のベッドで寝たら私の心臓がもたない。

「でも……」

「性急に芹那を抱くつもりはさっきまでなかったが、君が欲しい。俺の愛を受け止めてほしい」

帰国まであと三日しかない。

蒼さんに愛されなかったら、日本に帰ってから後悔するだろう。彼は大人で私の気持ちを尊重してくれているけれど、自分の心に正直になろう。

「……私もです。蒼さんに愛されたい」

彼の目をまっすぐ見て言いきった瞬間、抱き上げられた。

目線が同じになり甘く微笑みを浮かべた蒼さんは唇を重ね、歩き出す。

キングサイズのラグジュアリーなベッドに寝かされ、彼は私を組み敷いてキスを続ける。

シーツに縫いつけられるみたいにして、やわらかく、時に強く唇が食まれる。

そんなキスにしだいに体の力が抜けていく。

首筋に吸いつくように唇があてられて、ビクンと体が跳ねる。

「あっ……ん」

感じる肌に蒼さんの唇と舌でなでられると、じわじわと体の中が熱くなっていく。

「こんなふうに、キスをしたかった」

コーデュロイのワンピースから覗く鎖骨に唇をあてる。

「そ、そこは……」

どんどん疼きが大きくなっていって、自分の体の変化に戸惑う。

蒼さんの口づけに翻弄されているうちに服が脱がされ、気づけばブラジャーとショーツだけの姿になっていた。

「は……恥ずかしいです」

羞恥心に襲われてブラジャーの上から両腕で隠すが、その腕がやんわり外されブラジャーまで取り去られる。

「蒼、さん……」

露出したふたつの膨らみがさらされる。

「綺麗なんだ。隠さないでくれ。この先の方が恥ずかしいと思うかもしれない。芹那も俺に触れてくれ」

蒼さんの唇と手がなでていくところが熱くなる。私も彼に気持ちよくなってほしい。

男女はこうやって愛を交わすのだ。

愛されたいし、愛したい。

彼の美しい上半身を目のあたりにし、おずおずと厚い胸板に指を伸ばす。

「フィラデルフィア美術館で見た彫刻みたいです」

そう言うと、蒼さんはクッと笑う。

「そんな見事なもんじゃないよ。芹那、脱がしてくれ」

蒼さんは筋肉質の胸もとに触れていた私の手を腹部から腰、ボクサーパンツに移動させる。

引きしまった肉体は、なめらかで美しい。

「愛している。芹那を幸せにする」

たくみな愛撫に翻弄させられ、私を悦楽の世界へ連れていく。

込み上げてくる蒼さんへの愛。

これからは愛する人と人生を歩んでいける。

心も体も満たされ、疲れきった私は眠りに引き込まれていった。

五、惹かれた彼女（蒼Side）

俺の腕の中で乱れ、全身全霊で応えてくれていた芹那はぐっすり眠っている。

寝顔を見つめながら、再び起こしたい気持ちと葛藤するが、それはだめだと自分を諌める。

どうかこのまま悪夢を見ずに朝まで眠ってくれ。

長いまつげや、ついさっきまで存分に味わっていた彼女の唇を見ながら、彼女と出会った三年前を思い出していた。

◇◇◇

医局で食堂から届けられた昼食を食べ休憩をしていると、手術チームのオペナースがやって来る。

「朝霧先生、こちらに書類を置いておきます」

「ありがとう。そうだ、大学生の女性が好きな食べものはなにかな？」

「え？　先生ならそんなこと熟知しているのでは？」

ベテランのオペナースはあっけに取られている。

「それは人それぞれだろう？　言い方を変える。人気があるスイーツは？」

「あ、それなら駅ビルにオープンしたスイーツ店のクッキー缶が人気ありますよ。私も気になっていたので、必要であればこれからお昼休みに入るので買ってきますが？」

「ありがとう。休憩時間なのにいいのか？」

「もちろんです。気分転換になりますし」

病院から駅までは徒歩七分と立地がいい。

「助かるよ。オペナースたちにも同じものを人数分買ってきて差し入れてほしい」

「私たちにもですか？　ありがとうございます」

どのくらいの値段か見当がつかなかったが、いくらか渡して「足りなかったら後で払うから立て替えてほしい」と伝え、彼女が医局を出ていった後内線が鳴った。

受話器を取り出る。

《院長がお呼びです》

「わかりました。すぐ行くと伝えてください」

院長秘書からの電話を切ると、椅子から立ち上がり医局を出て院長室へ向かった。

『桜丘総合病院《さくらおか》』は曾祖父の代から町の小さな病院を徐々に大きくしていき、今では渋谷区の個人経営をしている総合病院では一番の規模になっている。

病院は地上七階、地下二階の建物で、診療科は多種にわたっており、最新の機材も取り揃《そろ》えていることから地域の人々はもとより優れたな医療を求めて他県からも患者がやって来るほどになった。

院長室をノックし「どうぞ」の声が中から聞こえて入室する。

「蒼、座りなさい」

現在父は院長だ。父は心臓外科医だが、院長としての業務が忙しく今は手術を行っていない。

「失礼します」

「もうすぐフィラデルフィアへ戻るんだろう？　いつだね？」

「一週間後になります」

「そうか……母さんが寂しがるな」

脳腫瘍手術の術式をほかの医師に教えたり、研修医の育成のためだったりで半年間桜丘総合病院に勤務していたが、約束の期間が近づき、俺は再び渡米する。

「もう三十二か。向こうで付き合っている女性はいないのかね？　そろそろ結婚してもおかしくない」

「すぐの結婚は考えていないです」

「君は将来私の後を継ぐのだから、早く結婚をして孫を見せてくれ」

「時期がくればしますから」

俺の返事が不満なのか、父は顔をしかめるが仕方なくうなずく。

俺は物心つく前から、この病院の四代目としてレールを敷かれていた。医学を勉強するため、小学校を卒業してすぐにアメリカの全寮制の学校へ入学。高校を一年、大学を二年飛び級して、若いながらもフィラデルフィアの大学病院で手術を任されるようになった。

俺が師と仰いでいたのがパウエル教授で、人望が厚く、神の手を持つと言われていた。パウエル教授のもとで最高の技術を学べて、俺はラッキーだった。

その話をパウエル教授に話したとき『いやいや、私の方がラッキーだ。私の技術を習得できるのはソウしかいない』と言ってくれた。

俺が医者になれたのは、父が敷いたレールのおかげだ。だから将来は父の後を継ぎ病院経営すべきなのだろうが、このままフィラデルフィアの大学病院で働きパウエル教授のように生涯現役を選びたい思いもある。悩み続け、いまだ結論は出ていない。

医局に戻り脳外科の研修医から患者の相談をされているうちに、オペナースが帰ってきた。商品とレシート、おつりを渡され「ありがとうございます。みんなが喜びます」と言って、仕事に戻っていく。

研修医も回診時間で、慌ただしく医局を出ていった。

小さいがかわいくて華やかなクッキー缶と、推理小説の文庫本を白衣のポケットに入れて、執刀して以降気になっている春日芹那さんの病室へ向かう。

彼女は先週、脳腫瘍で救急搬送されてきた。腫瘍は大きくなっていたが、比較的簡単な場所でオペは無事に終わった。

手術をするにあたり、親に説明をし同意書をもらうわけだが、現れたのは伯父と伯母で後見人だった。両親は彼女が一歳の頃に交通事故で他界したという。

『先生、説明はいいですから、サインをしますわ』

心配するそぶりも見せず伯母はボールペンを握った。伯父はスーツの袖を上げて時間を確認している。

愛情のない伯父夫婦に育てられた彼女が、気の毒でかわいそうでならなかった。

術後、伯父夫婦は一度も見舞いに来ていないと、病棟の看護師から聞いた。しかし、毎日現れる女性が彼女の面倒を見ていると知り、安堵した。もうひとり、一日おきに友人も面会に来ているようだ。

春日さんは欧米にルーツがあるようで色素が薄く、目鼻立ちがはっきりしている。一度、歩けるくらいに回復した彼女が売店にいるのを偶然目にした際、美しい顔が憂いの色を帯びていて、想像でしかないが彼女の生い立ちに同情した。

ナースセンターで芹那のもとに彼女の伯母が訪ねてきたと知り、そこまで関係性は悪くないのだなと一瞬思ったが、どうにも気になって病室を訪ねた。すると元気がない。事情を聞き出すわけにはいかないが、せめて励ましたいという思いからなにげない会話をした。

それから二日。彼女の笑顔が見たいと考え、差し入れを手にまた病室へと向かう。ひとまず体の状態を確認すると、順調に回復しているようで安心した。

「平熱か。問題なさそうだ。退屈そうだな。これでも読む？　推理小説だが」

白衣のポケットから文庫本を二冊出して渡すと、思いのほか喜んでくれたようだ。続けてクッキー缶を差し出したら、彼女は俺が見たかった笑顔になった。

「わっ、人気のクッキー缶です。いいんですか？」

「もらいものだ。どうぞ」

「すっごくうれしいです！」

もらいものと言ったのは、彼女が気にするかもしれないことを踏まえてだ。

「大学卒業後の就職先は決まっているのか？」

「はい。ホテルに勤める予定です」

そう口にする彼女はあまり浮かない顔だ。

「なにか悩みでも？」

「誰だって悩みのひとつやふたつはあります。朝霧先生だってそうでしょう？」

「……そうだな」

「朝霧先生なら大丈夫です。先生は優しくていろんなことに気づいてくれる人だから、きっと正しい選択をできる人だと思います。私、人を見る目はある方なんですよ。あ！　知ったかぶったようなこと言ってすみません！　……でも朝霧先生なら大丈夫です」

優しい笑みを浮かべて気丈に口にする彼女に、俺の方が励まされた気がした。

病室を出てナースセンターを通り過ぎたところで、スーツを着た男性が「春日芹那の病室は？」と尋ねているのが聞こえてきた。

もしや彼女の恋人なのかと考えがよぎると、複雑な心境だった。

その後、渡米するまで何人もの急患が入り、彼女の様子を見に行けたのは出国前日の深夜となった。

いや、もうすでに当日だった。午後には日本を離れる。

消灯時間を過ぎてだいぶ経った頃、彼女の病室へと静かに入室した。ベッドの横にかけているバイタルチェックシートを確認してから、ぐっすり眠っている顔を見る。

彼女にこの先、幸せな人生が訪れればいいと願うばかりだ。

フィラデルフィアへ戻ってもときどき、彼女はどうしているだろうかと考えることがあった。

大学を卒業し、あの冷たい伯父夫婦から離れて暮らせていればいいと思う。

もしかしたら、あのナースセンターで尋ねていた男と結婚したかもしれない。

あれから三年経ち、彼女はふいに俺の前へと現れた。

事務スタッフから、パウエル教授の孫娘だという女性がロビーに来ており、所在を知りたいと言っている旨の連絡があった。

まさか教授が亡くなってから四年後に孫娘が現れるとはと、耳を疑った。

教授からは、娘さんが日本人男性と駆け落ちして音信不通になっていると聞いていた。日本の興信所を雇っても見つからなかったと。

教授夫妻は孫娘の存在を知らずに相次いで他界してしまったのに、今さら……。

そんな複雑な心境を抱えながら、ロビーへと下りる。

教授に会いに来た孫娘は俺に背を向けていたが、左右を何度か見て落ち着かない様子だった。

「君がパウエル教授のお孫さん？」と英語で話しかけ、ロビーで振り返った彼女を見て驚きを隠せなかった。

しかし、本当に春日芹那さんなのか疑問を持った。三年前の彼女よりも大人びて透明感のある女性になっていたからだ。

彼女はすぐに俺がわかったようで、アーモンド形の目を大きくさせている。はっきりと顔を見て、春日芹那さんだと確信した。

外国での再会、しかも彼女がパウエル教授の孫娘だと知った俺は、こんな偶然があるのかと驚愕した。

そしてもっと早くわかっていたらと思うと、残念でならない。

だが、三年前に知ったところで教授はその一年前に永眠してしまったのだから、どうにもならなかったが。

彼女の母が書いた手紙を読ませてもらい、その翌日の事故だったと聞いて胸が痛んだ。二十四年後に祖父母の存在を知り、会いたい一心で彼女はフィラデルフィアまで飛んできたが残念な結果になってしまった。

落ち込む彼女に、埋葬された墓地への案内を買って出て、せっかくここまで来たのだからニューヨークへ行こうと提案した。

芹那は了承し、病院に呼び出された俺は夕食の約束を翌日に延期してホテルまで送ることにしたが、そこは薬物中毒者が多い地区で、パウエル教授が亡くなったのも遠くはない。そこでホテルを変更し、俺はひと安心した。

翌日、夕食を楽しみにしながら一日の仕事を終えてホテルへ迎えに行ったところ、芹那の姿が見えない。

五分ほど待ったが姿を現さず、どうかしたのかと電話をかけてみると、おびえた声で彼女は出て、襲われそうになったと言う。

俺は驚き、近くにいた警察官に代わってもらった。金欲しさに近づいた薬物中毒者は、ポリスカーに気づき逃げたらしい。その男が、見境ない殺人者や金品を根こそぎ奪うような輩《やから》ではなくて本当に安堵した。

おびえる芹那をホテルに残しておけず、自分のアパートメントに連れてきた。

少し落ち着いた様子で眠った彼女は、俺がそろそろ寝ようとしたとき、うなされ始めた。かわいそうに。

目を覚まさせ、芹那を抱き上げて自分のベッドに連れていく。

戸惑いを隠せない彼女は、男と初めて寝るみたいだった。

「横になって。また夢を見たらすぐに起こすから」

「本当に……迷惑をかけてばかりでごめんなさい」

「怖い目に遭ったんだ。謝ることはない。ほら」

強引に言って、困惑している体を抱き込んだ。

襲われたことでかなりダメージを受けているのだろう。芹那は最初戸惑いを見せていたが、少しして眠りに落ちた。

薄暗いオレンジ色の明かりで、ぼんやり見える彼女をしばらく見守っていた。

芹那の寝顔を見ているうちに、三年前彼女に出会った後、フィラデルフィアに渡ってから自覚したほのかにときめくような気持ちが蘇ってきた。

俺が見かけたあの男とは……？

芹那の名前を出していたため気になり視線を送ったが、感情があまり見られない男だった。

それよりも、彼女が大学を卒業してからあの冷たい伯父夫婦の経営するホテルで働いていたことに驚いた。就職先はホテルだと聞いていたが。

仕事は楽しいと口にしていたが、長期の休みを取れたのは今回が初めてだと言っていたので、普通の若い女性の楽しみを知らないのではないかと思う。そう考えると、不憫でならない。

彼女が入院していた頃、気になる存在ではあったが恋愛感情など持っていなかった。患者をそういう目で見てはいけないという思いがあったからだ。しかし、アメリカに渡ってからもずっと気がかりだった。

きっかけは同情かもしれないが、クッキー缶をあげたときの無邪気な笑顔、『朝霧先生なら大丈夫』と言ってくれたときの優しい微笑みがずっと忘れられなかった。

そして再会して、なんのしがらみもない環境で一緒に過ごし、急速に惹かれ、やっとこの気持ちの意味がわかった。愛なのだと。

三年前に数回病室で話をしたとはいえ、この三日間で恋に落ちるとは思いもよらなかった。

彼女は今回の旅で人生を切り開いていきたいと言っていた。

芹那のやりたいことをそばで見守っていたい。

六、最愛の人からのプロポーズ

さわさわと頬がくすぐったさを感じて瞼を開けると、三十センチもないくらいの至近距離に蒼さんの美麗な顔があって、昨晩のことを思い出して顔が熱くなっていく。

「おはよう」

「お、はようございます」

挨拶を口にした次の瞬間、唇が食むように啄まれた。

「よく眠れた?」

「はい。蒼さんがそばにいてくれたおかげで」

そう言った瞬間、自分が部屋着を着ていないことに気づく。

「どうした? ハッとした顔になったぞ?」

「ふ、服を着ないで寝たのは初めてで……」

「俺に愛された後、正体をなくすようにして眠ったんだから当然だ。素肌で寝るのは気持ちがいいだろう?」

蒼さんは口もとを緩ませてから、私に覆いかぶさるように組み敷く。

そして唇が甘く塞がれた後、彼は私をくるっと持ち上げた。

「蒼さんっ」

彼の上にのせられてしまい、かぁっと頬に熱が集中する。長い指先が背中につーっと触れ、ビクッと体が跳ねる。

「明後日には帰ってしまうんだ。俺たちの時間を大事にしよう」

そうだ……今日は一緒にいられるけれど、明日蒼さんは仕事だし、明後日は日本へ戻る。

「そんな顔をするなよ。すぐに会える」

蒼さんはなだめるようなキスをする。

「本当に一緒にいてもいいんですか？」

日本を離れて、瞬く間に愛する人と相思相愛になったが、優しい梢さんと祖母を除き誰からも、身内である伯父一家にさえ愛されず自信がない。

「俺のプロポーズを信じていないのか？」

「夢みたいで……」

「これからはずっと一緒だ」

蒼さんは私の薬指に自分の薬指を絡め、唇を重ねた。

「はい。蒼さんのもとに戻ってきます」

先のことを考えたら、一時的な別れはつらくない。

笑顔を向けた私の胸の膨らみが彼の大きな手に包み込まれ、親指の腹で頂《いただき》がなぞられる。

「あっ……ん、いや」

朝から熱をはらんだ瞳に、まだ愛された余韻のある体の奥が疼く。

「芹那が欲しい。芹那も俺を欲しがって」

甘く言葉を紡いだ後、再びシーツの上に寝かされ見つめられる。

「私も蒼さんが欲しいです」

羞恥心に襲われるが、自分に正直にならなければ。

蒼さんとの時間はあっという間に過ぎていくのだから。

彼は満足げに麗しく微笑みを浮かべる。唇にキスをされ、蜜のように甘い世界へといざなわれて、身を委ねた。

蜜のような時間を過ごした後、ルームサービスでブランチを食べ終える。

会話が弾み、幸せな朝食を楽しんだ。

十一時にチェックアウトしてホテルからすぐのセントラルパークを散歩し、ゆったり一時間ほど過ごしてから、ニューヨークの名だたる観光地へと蒼さんは案内してくれた。

今日も天気がよくて、セントラルパークは気持ちがよかったし、エンパイア・ステート・ビルの展望台からはマンハッタンが一望できて、大都会の素晴らしい景観に感動した。

遅めのランチはメキシカン料理を食べ、カフェに入ってまったりとお茶をする。泡がたっぷりのカフェラテを飲み、蒼さんはブラックコーヒーだ。

「おいしいか？」

「はい。とっても。そろそろフィラデルフィアへ帰るんですよね？」

現在の時刻は十六時を回ったところだ。

ニューヨークは見るところがたくさんあって、二日間では見切れず残念だ。

「いや、もう少し見せたいところがある。夕食を食べてから戻ろう」

「蒼さんは明日仕事があるのに、大丈夫ですか？」

「ああ。楽しい時間は疲れないよ」

うれしい言葉に破顔する。

「蒼さんと過ごす時間が幸せです」

「俺もだ」

「時間が止まってくれればいいのに……」

その思いをポツリと口にすると、対面に座る蒼さんは若干体を近づけ私の手を握る。

「帰国したら芹那はこっちへ来る準備をしてくれ。時期を見て迎えに行く。そのときに婚姻手続きをしよう。じつは大学病院の勤務はあと一年の予定だが、芹那がここで生活をしたいのであれば数年は戻らなくてもいい」

「あと一年で帰国を？」

テーブルの上で握られている手が気になりつつ、今の蒼さんの話も聞き逃せない。

「ああ。実家の病院に戻る予定なんだ」

「実家の病院……？　もしかして、後を継がれるのですか？」

「ああ。生まれた頃からその道しかなかった」

そっか……そうじゃなければ、中学からアメリカ留学なんてできないだろう。でも、ただの優秀な医者ではなく、バックグラウンドがあるのだと思うと一歩が踏み出せない気持ちに襲われる。

「芹那？」

表情を曇らせてしまったのがわかったのか、蒼さんが首を軽く傾ける。

「私なんかが蒼さんの妻にはふさわしくないかと」

「どうして自分を卑下するんだ？」

「両親は一歳の時に亡くなりましたし……」

病院を継ぐ医者の妻になるには、私ではだめな気がする。

「だからって、ふさわしくないなどと言うんじゃない。寂しい思いをしながら懸命に生きてきたんじゃないか。あの伯父夫婦は君に優しいのか？」

「どうしてそんなことを？」

「三年前、手術の説明と同意書にサインしてもらうために、伯父夫婦に会ったことがある。愛情の欠片《かけら》も見せないふたりだった」

「そうだったんですね。気を悪くさせてしまってごめんなさい」

伯父夫婦は仕事相手には愛想がいいのに、私のことだったから、蒼さんに不快な思いをさせてしまったのだ。

「芹那が謝ることではないよ。気を悪くするどころか、君がかわいそうになった」

「じゃあ……私を愛していると言ったのは、同情心からかもしれません」

私とのことを思い直すのなら今。私は蒼さんを愛しているけれど、彼の負担になるなら離れることしかできない。

「あの頃は気づかなかったが、今思えばすでに想いを抱き始めていたのだと思う」

うれしいのは否めないが、思い直して首を左右に振る。

「でも、やっぱり同情からです。その後、なにも言わずに渡米してしまったじゃないですか」

「出国前、過密スケジュールで手術が組まれていてね。忙しくて会いに行けたのは渡米する日だった。深夜で君はぐっすり眠っていた。こっちに来てからもときどき芹那のことを思い出していた。教授の孫娘だと知って心臓が止まるほど驚いたよ。君がここに来て、俺に会ったのは運命じゃないか？」

「蒼さん……」

握られている手が彼の口もとに引き寄せられ、手の甲に唇が触れる。

こっちの生活が長いせいか、蒼さんの愛情表現はロマンティックで、周りを気にしない。

「同情心だなんて思わないでくれ。それとも芹那の俺への愛は簡単にあきらめられるものだったのか？」

「ち、違います！　簡単に想いを断ちきることなんてできません」

「ならば、つべこべ考えずに俺を信じればいい。きっと今まで苦労したはずだ。これからは愛する芹那を俺が守る」

〝俺が守る〟

心に響く言葉だった。目頭が熱くなって瞳が潤んでくる。

「……ありがとうございます。私、本当に幸せです」

「しばらく会えないが、仕事を調整したら一時帰国する。そのとき家族にも会ってほしい」

「はい。その日を楽しみにしています」

うなずく私に蒼さんは微笑んで、腕時計へ視線を動かす。

「これから俺が一番好きな夜景を見ながら食事をして帰ろう。ホテルは予約済みだが、俺の家へ来てくれるか？」

「私も蒼さんと一緒にいたいです」

笑顔でそう口にしたとき、テーブルの上のスマホが着信を知らせた。マナーモードなので、テーブルにブーブーブーと響いている。

画面には渉兄さんの名前があって、目にした瞬間、冷や水を浴びせられたみたいに血の気が引く。

ニューヨークへ行くと知らせたときに威圧的に言われたのを思い出したからだ。

「出ないのか？」

「え？　あ！」

我に返りスマホの通話をタップして耳にあてた。

「渉兄さん」

《今どこなんだ？　まだホテルに戻っていないのか？》

腹を立てているような苛立った声だ。

「……まだニューヨークです」

《お前が予約したホテルにいる》

「ホテルに？　どういうことですか？」

フィラデルフィアに渉兄さんが来ているってこと？

半信半疑で尋ねる。

《お前が心配だからに決まっているだろう？》

「し、心配だからって、わざわざ来なくても……」

仕事だって忙しいだろうに、いったいなにをしにアメリカまで来たの？

私の言葉に蒼さんが眉根を寄せている。

《執刀医とまだ一緒なのか？　何時に戻ってくる？　戻ってきたら連絡をしろよ》

「あ！　渉──」

渉兄さんは一方的に会話を終わらせてしまった。

今日は戻らないと言えず、困惑した顔を蒼さんに向ける。

「渉兄さん？　お兄さんがいたのか？」

「伯父夫婦のひとり息子です。小さい頃は本当にきょうだいだと思っていて。ホテルを移ったことをいちおう連絡したんです。三年前に執刀してくれた先生と一緒にニューヨークへ行くことも。そうしたら、今ホテルにいると……」

来る必要なんてないのに、どうして……？

「従兄か。はるばる日本から来たということは、芹那が心配だから……というのはいきすぎた行動だな。襲われかけた話をしたのか？」

「いいえ。ホテルを変更した後に連絡を……。思ってもみませんでした」

「一度、ホテルへ行こう。挨拶くらいしておくべきだろう。いずれは結婚すると言うべきか」

「渉兄さんには出会って数日で愛し合うなんて理解できないと思います。だから、会わない方がいいです」

なぜ渉兄さんが来たのか、心配だからっておかしい気がする。そんな渉兄さんを蒼さんに会わせたくない。

「男とニューヨークへ行ったことを心配しているとしたら、今後のこともある。挨拶はしておきたい」

責任感のある蒼さんならそう言うのは当然だろう。

「ありがとうございます。では挨拶だけ……。渉兄さんは愛想がないので、気分を悪くさせてしまったらごめんなさい」

「そんなことを気にする必要はない。では、そろそろここを出て食事へ行こう。外も暗くなっている」

蒼さんはすっくとソファ椅子から立ち上がった。

彼が連れてきてくれたのは、昨日昼間に見たブルックリン橋がよく見えるレストランだった。

ライトアップしたブルックリン橋の向こうにマンハッタンのビル群の夜景が最高に美しくて感動したが、この後に渉兄さんと会うことが心の片隅に張りついていて気持ちが休まらない。

レストランでは中国料理のコースを味わい、二十時過ぎにニューヨークを後にした。

背後で遠くなっていくニューヨークの街並みをバックミラーで見ていると、蒼さんが口を開く。

「眠かったら寝ているといい。道路は空いているから九時半には到着するはずだ」

「絶対に眠りません。ずっと横顔を見てていいですか?」

シートベルトが邪魔だが、助手席から身を乗り出して整った横顔を見つめる。

次の瞬間、蒼さんはおかしそうに声を出して笑う。

「やめてくれ。そんなに見つめられたら、照れてくる」

「蒼さんでも照れることあるんですね」

「あるよ。とくにそんなにかわいい顔にじっと見られたらね。運転中に煽《あお》らないでくれ。どこかに車を止めたくなる」

「え……車を止めて……?」

意味がわからずキョトンとなる私の頭に、ハンドルから離した右手でポンポンと触れる。

「いや、わからないのならいい。とにかく前を見て。フィラデルフィアの夜景もまあまあだぞ」

蒼さんは苦笑いを浮かべた。

まだまだフィラデルフィアの都心は見えるはずもないが、前を向いて他愛のない話をし、運転する蒼さんにときどき視線を向けた。


二十一時三十分少し前に、フィラデルフィアのホテルに到着した。

到着予定の十五分前に渉兄さんにメッセージを送ったので、ロビーへ入るとベンチに彼が座っているのが目に入った。

ベンチから立ち上がった渉兄さんのもとへ蒼さんと歩を進める。

「渉兄さん」

彼は私から隣に立つ蒼さんへと目を向ける。渉兄さんの眉根はギュッと寄せられている。かなり機嫌が悪そうだ。

「渉兄さん、朝霧蒼さんです。三年前に執刀してくれた先生で母方の祖父の知り合いです。とてもお世話になりました」

「朝霧です」

渉兄さんの態度に、蒼さんは名前を名乗るだけだ。出方を見ているのかもしれない。

「……春日です。芹那がお世話になったようで。しかし、三年前に知り合ったからといって、ニューヨークまで連れ出すのはどうかと思いますが」

いきなり不満をあらわにする渉兄さんに驚きを隠せない。

「渉兄さん、失礼なことを言わないでください。蒼さんがいてくれなければお墓参りもできませんでした」

「一度も会ったことのない祖父母の墓参りに？　そんな義理はないだろう」

非常識につらつら言ってのける渉兄さんが恥ずかしい。

蒼さんが気を悪くしたのではないだろうかと、仰ぎ見る。彼はポーカーフェイスでただ渉兄さんを見ていた。五歳上とはいえ、従兄よりもずっと大人だ。

「会ったこともないけれど、私のおじいちゃんとおばあちゃんよ？　お墓参りに行くのは当然よ」

「そんなのは時間の無駄だ」

「渉兄さんっ」

大事なことを時間の無駄だと言ってバッサリ切る渉兄さんを心底軽蔑する。

「春日さん、こちらへは商用で来られたのですか？　それとも従妹が危険な目に遭っていないか心配で居ても立ってもいられず？」

蒼さんが冷静な声色で尋ねると、渉兄さんは顔を赤くして「だったらなにか？」と言い返す。

「後から来る約束さえしていなかったのに、遠いフィラデルフィアまで突然訪ねてくるとは驚きました」

「芹那が心配だったからですよ。なにが悪いんですか？」

虚勢を張る渉兄さんは蒼さんを睨みつける。

「あなたこそ、世間知らずの若い女性を騙《だま》してニューヨークへ連れていったんじゃないですか？　芹那がそんな非常識な行動をするはずがない」

「渉兄さん、ひどいこと言わないで。蒼さん、ごめんなさい」

「まったく、その男に骨抜きにされているじゃないか」

「私のことは放っておいて」

蒼さんの手を握って、渉兄さんから離れる。

「芹那！」

背後から渉兄さんの呼ぶ声が聞こえたが、立ち止まらなかった。

車に戻り、助手席に座って大きく息をつく。

「大丈夫か？」

「はい。蒼さん、本当にごめんなさい」

「俺はなんとも思っていないから、謝る必要はないよ。彼らのそばで暮らすのは大変だっただろうと思うと胸が痛い」

蒼さんの手がなだめるように髪をなでてくれてから、車を発進させた。

渉兄さんがフィラデルフィアまで来たことがショックで、蒼さんの家に到着しても気持ちが落ち着かない。

「座っているといい」

私の肩に手を置き、カウチソファに腰を下ろさせた蒼さんはバスルームの方へと消える。

渉兄さんはどういうつもりでやってきたの？　仕事は？　私が抜けただけでも大変なのに、フォローする専務がいなくてバタバタしているはず。

重いため息をついたとき、蒼さんが戻ってきて隣に座った。

「従兄のことが頭から離れないのか？」

「はい。どうしても考えてしまって。不快でしたよね。本当にごめんなさい」

「いや、ああいう人もいる。どうやら芹那が好きなようだな。嫉妬心むき出しだった」

蒼さんの言葉にギョッとなる。

「ええっ⁉　私を好き？　ありえません」

「そうだろうか？」

首を左右に振る私の手を、彼は苦笑いを浮かべて握る。

「はい。今まで食事に誘われたことも、忙しくてもねぎらう言葉もなかったです」

「だとしたらなぜここへ？　心配だからだと言っていたが、俺の存在を話したせいだろう。いきなり焦りが出てきた、といったところだな」

「蒼さん」

彼の分析には困惑しかない。万が一そうだとしても、私は絶対に渉兄さんを恋愛対象として見られない。

「だが、俺は芹那を手放さない。彼には負けない」

「絶対に負けることなんてないですから。もう渉兄さんの話はやめましょう」

「ああ。そうだな。もう少ししたら風呂に入って眠ろう。疲れたはずだ」

「はい」

あの男に追いかけられている。一生懸命走っているのに逃げきれない。

呼吸が苦しくて、脚がもう進まない。

そのとき、背後から肩を掴まれた。

「きゃーっ！」

悲鳴をあげて振り返った先に、ニヤニヤしている渉兄さんがいた。

ビクッと肩を跳ねさせて目を覚ますと、夢だったことに安堵する。

「はぁっ……夢……」

心臓が口から飛び出そうなくらい暴れていた。時計を見れば七時。

「もう朝なんだ……」

目を閉じると恐ろしさが蘇り、体を起こす。

薬物中毒者から渉兄さんに変わるなんて……。

ハッとして横を向く。

隣で抱きしめて眠ってくれていた蒼さんがおらず、メモが枕の上に置いてある。

【すまない。早朝に病院から呼び出しがあって先に出る。玄関の鍵はローテーブルの上に。冷蔵庫のものは好きにして】

呼び出しが……。

電話の音に気づかなかったから、ぐっすり眠っていたようだ。

でも、さっきの夢……。

思い出すと、ぶるっと体が震えた。

ベッドを抜け出し、冷蔵庫からミネラルウォーターのペットボトルを選んで飲ませてもらう。そのままカーテンを開けてソファに座ってスマホを開く。

まだ心臓がバクバクしている。

気持ちを落ち着かせようと、今夜蒼さんと食事するレストランをネットで探す。

蒼さんは食べ飽きているかもしれないけれど、アメリカの料理に目がいく。

おいしそう……。うん。決めた。ここにしよう。

今夜の食事は私の気持ちとしてもてなしたいから、絶対に彼には支払いをさせない。

レストランを検索していたら思ったより時間が経っていて、八時三十分になろうとしていた。

朝食をどうしよう、どこか行ったところで食べようかな。

観光地をスマホで調べていると、渉兄さんからメッセージが入る。

【話がある】

話はまた昨日と同じなのではないかと思うが、逃げていても仕方ないので会うことにした。

泊まっていたホテルの近くにエルフレス小径《しょうけい》ミュージアムという場所を見つけ、

近辺のカフェを検索してそこに九時三十分で待ち合わせのメッセージを返信した。

すぐに渉兄さんから【わかった】と送られてきて、配車のアプリで頼んでから外出の支度を始める。

ダークレッドのセーターとジーンズに着替えて、軽くメイクをして終わらせたところで、車が到着したと連絡があった。

選んだカフェはポップな感じで明るく、なんとなく渉兄さんと対峙する勇気がもらえる気がした。

まだ彼は来ておらず、四人掛けのテーブルに案内される。人が来るので後でオーダーするとスタッフに伝え、五分ほどが経って渉兄さんが現れた。

彼はいつものように足と腕を組んでふんぞり返るように座る。

「頼んだのか?」

「まだです」

おなかも空いているが、長引かせたくないのでカフェオレを頼む。

「いったいなぜここまで来たんですか?」

「お前が心配だからに決まっている」

「心配だからって、高額な旅費を使ってまで来るなんておかしいです。仕事は大丈夫なんですか？　私も渉兄さんも抜けたらかなり大変です」

「あの男となにかあったのか？　昨日もついていっただろう」

渉兄さんは私の話を無視して聞いてくる。

「なにかって……？」

「セックスに決まっているだろ。そんな軽い女だったのか？」

図星だったし、あからさまな言葉で頬に熱が集中してくる。

「お前、まさか？　やつと寝たのか？」

「やつって言い方はやめてください。尊敬できる人です。渉兄さん、私もう二十五なのだから、私生活に踏み込んでほしくないです」

「家族として心配しているんだ。お前がふしだらなことを外でしていれば春日家の品格にかかわってくる」

「品格？　いつも家では私をいないものとして扱っているじゃないですか？　急にそんなことを言うなんてどうかしています」

「行きずりの関係ってやつか？」

土足で踏み込んでくる渉兄さんにあっけに取られる。

「違います。結婚を約束しています」

思わず吐露してしまうと、彼は険しい顔になり、眼鏡のフレームを指で上げる。

「は？　結婚？　会ったばかりで？　お前は騙されているんだ。目を覚ませよ」

「騙されてなんていないわ。私は蒼さんを愛しているんです。蒼さんも愛してくれています。日本へ戻ったら伯父さんと伯母さんに話をして彼のもとへ行きます」

「なにを言っているんだ！」

怒号がそれほど広くはないカフェに響き渡り、ハッとなって周りへ顔を向けると、こちらには関心がない様子でホッとする。

「渉兄さん、干渉しないでください」

「声を荒らげてしまった。すまない……お前は明日帰国だよな？」

「そうです。渉兄さんは？」

「俺は明後日の飛行機だ」

同じフライトではなくてホッと胸をなで下ろす。

しかし、あと二泊だなんて、観光でもするつもりだろうか。

「芹那、彼の件だが、お前にも好きな男ができたのかと思ったら、親心みたいなものが込み上げてきてひどいことを言ってしまったんだ」

彼は自虐的な笑みを浮かべる。

「渉兄さん……」

「俺の気持ちもわかってくれるだろう？　父さんたちの態度が芹那を傷つけていたのはわかっていた。だが、俺にはどうすることもできなかった。家で父さんは絶対だから。お前には寂しい思いをさせていたな」

突然謝られて驚きを隠せず、言葉を失う。

「お前ばかりばあちゃんにかわいがられていた嫉妬心から、ずっと素直になれなかったんだ」

祖母が亡くなったのは私が中学生の頃で、あれから十年が経っているのにそんなことを言うのはなにか違う気がする。

しかし、謝られるのは初めてで、ここは渉兄さんの話を受け止めようと思った。

「……おばあちゃんは、渉兄さんにも優しかったわ」

「そうかもしれない……だが、そうは思えなかった。これからは父さんたちからお前を守るよ」

渉兄さんの真剣な表情を見て、信じてみようと思った。彼の話に裏はなく、従兄として本当に心配してくれているのだと。

「守らなくていいの。今まで通りにしていて。それに伯父さんと伯母さんにはお世話になって感謝しているの」

仕事を辞めるまで穏便に過ごしたいし、蒼さんのことを喜んでもらいたい。

「とりあえず、お前を愛してくれる男ができてよかったと思っている」

「本当に……そう思ってくれている？」

「ああ。医者だし、驚くほど男前だしな。お前を大事にしてくれるのなら言うことはない」

渉兄さんは真剣な表情から笑みを浮かべると、食べながら話を続ける。

「優秀なんだろうな」

「とても……。祖父の下で学んだと。三年前には私を執刀してくれたし、そのとき看護師さんに、朝霧先生に担当してもらってラッキーだったと言われたわ」

「おじいさんも医者だったのか」

「フィラデルフィア一大きな大学病院に勤めていたの。パウエル教授と呼ばれていたわ。慈善事業にも熱心だったと」

祖父の話が出たのがうれしくて、蒼さんから教えてもらったことを口にした。

「ふ～ん。お前のお母さんは、叔父さんと一緒にならなければこっちで幸せに暮らしていたかもしれないな。ま、それだとお前が生まれていないことになるから、言っても仕方ないが」

いつも場の空気を読まない渉兄さんは、今の言葉を挽回するみたいに取り繕う。

「……本当にそうだと思うわ。お母さんがお父さんに出会わなければ私は生まれていないもの。記憶はないけれど、事故まで私は愛されていた。祖父母と和解してほしかったけれど、今となっては贅沢な思いよね」

「今回いろいろ知られたのはよかったな」

そう言ってコーヒーの入ったカップを口もとへ持っていく。

「うん。ここへ来られたのは母の手紙のおかげで、伯母さんから納戸の整理をするように言われなかったら、ずっと知らずにいたはずで本当に感謝してる」

「もっと早く見つかっていたらよかったな」

渉兄さんの言葉にコクッとうなずく。

「今日はなにをするの？」

一緒に観光をしたくはないが、避けて無視をしているみたいに思われるのもと思い尋ねる。

「見たかったものがあるから美術館へ行ってくるよ」

私が最初に訪れた美術館へ行く予定らしい。

「私もこっちへ来て最初に行ったわ。見所がたくさんあるから楽しめると思う」

「ああ。食事でもおごりたかったが、今夜は朝霧先生と会うんだろう?」

「ごめんなさい」

「いや、じゃあ明日は気をつけて帰れよ」

いつの間にか食べ終わっていた渉兄さんは席を立つと、カフェを出ていった。

蒼さんとのことを認めてくれてよかった。渉兄さんとはこれからいい関係を築けそうな気がする。

エルフレス小径ミュージアムに到着して、石畳を歩きながらアメリカ最古と言われるレンガ造りの建物を見ていった。

かわいらしい街並みが三ブロックほど続き、外国人観光客が写真を撮っていた。

その後、フランクリン広場を訪れた。噴水があり、芝生では小さな子どもを遊ばせている女性が多数いた。

フィラデルフィアには危険な場所もあるけれど、こういった素敵な地域もある。裏と表のある地域だなと感じた。

そこから徒歩二十分ほどかけてフィラデルフィア市庁舎へ行き、十九世紀の終わりから建てられた石造りの建造物を写真に収めてから、ほど近い一昨日《おととい》も訪れたレディング・ターミナル・マーケットへ足を運んだ。

ランチタイムは過ぎていたが、マーケットの食事を提供するテナントは賑わっている。

スマホで調べたときに〝チーズステーキサンドイッチを食べなければフィラデルフィアへ来たと言えない〟とあって、食べてみたくなったのだ。

いくつか売っている店があったが、一番並んでいる店を選んだ。

順番が来てオーダーし、ほどなくして紙の容器に入った熱々のチーズステーキサンドイッチが手渡された。

コッペパンのような形の少し硬いパンに、焼いた牛肉のスライスとチーズがたっぷり入っていて、ボリューミーでとてもおいしかった。

十四時過ぎ、蒼さんから電話が入る。

《芹那、危ない目に遭っていないだろうな?》

朝、蒼さんを心配させないように従兄と会うことは伝えず、今日の観光予定だけをメッセージで送っていた。

「はい。大丈夫です。あ、今夜のレストランですがアメリカ料理を出すところでもいいでしょうか?」

行きたいと思ったレストランの名前を口にする。

《ああ。そこは人気がある。俺から予約を入れておくよ》

「ありがとうございます」

《予定通りに迎えに行けると思う。じゃ、また後で》

「はい。家で待っていますね」

通話が切れて、スマホをポケットにしまった。

その後、ホテルスタッフへのお土産を探した。ニューヨークでもチョコレートや文房具を購入していたが、いくつか目についたTシャツを買った。

蒼さんの家に戻り、少し休んだ後、小花をあしらったダークグリーンのAラインのワンピースに着替えた。

蒼さんは十八時過ぎに帰宅した。

「お疲れさまです」

「ただいま。自宅で出迎えてもらうと家が温かく感じるな」

こっちの人がやるように、蒼さんは私を抱き寄せる挨拶をする。それだけじゃなく唇にもキスを落とされて、会って早々顔が熱くなっていく。

「早く会いたかった」

「私もです」

でも、明日の九時四十五分発のフライトだ。蒼さんと過ごせるのはあと数時間しかない。

そう考えると焦燥感に襲われるが、また会えるのだからと自分に言い聞かせ笑顔でいなきゃと叱咤する。

頬にキスした蒼さんは「着替えるから、少し待ってて」と言って、クローゼットの方へ歩を進めた。

カジュアルな紺のジャケットにグレーのスリムなスラックス姿になった蒼さんが運転する黒のSUV車で、十分後レストランに到着した。

オールドカントリー風の店内。赤と白のチェックのテーブルクロスがかけられており、壁側にバーカウンターがある。

案内された部屋は個室だった。

オーダーを済ませ料理が来る間、ライムジュースで喉を潤す。

「今日はエルフレス小径やマーケットへ行ったんだろう？　どうだった？」

「エルフレス小径は古い建物がとてもかわいくて、歴史を感じられて楽しめました。それからマーケットで食事をしたり、お土産を買ったり。あと……」

「あと？」

渉兄さんの話をしようか迷い言葉を切ると、蒼さんは悟ったように「芹那？」と鋭く尋ねてくる。

ちゃんと伝えなきゃ。

「じつは、渉兄さんから会おうってメッセージをもらって、会ってきたんです」

「ふたりだけで会うなんて。大丈夫だったか？　ひどい言葉で傷つけられなかったか？」

憂慮する瞳を向けられて、首を左右に振る。

「渉兄さん、最初は苛立っていた様子でしたが、徐々に落ち着いてきて理解してくれました」

「本当に？」

少し疑わしそうな視線を向けられて、笑みを浮かべる。

「はい。帰国したら、伯父夫婦にもスムーズに話ができそうです」

「それならいいんだが。芹那を迎えに行くときは婚姻の手続きもあるから、まとまった休みを取って帰国したい。二カ月先まで手術が組まれているから、六月の中旬に迎えに行く予定でいてほしい」

「六月の中旬ならあっという間に過ぎそうです。私も準備して待っていますね」

そこへ生牡蠣やロブスターが運ばれてきた。クラッシュアイスの上にのせられており、レモンが添えられている。

それらに舌鼓を打ち、ほかにもシーザーサラダやクラブケーキ、ステーキなどをいただき満足のいく夕食だった。

テーブルに着いたまま蒼さんがウエイターを呼び、会計を頼む。

「ここは私に払わせてください」

「芹那、気を使わなくていいと言っただろう？」

「でも、払いたいんです。いろいろしていただきましたし」

蒼さんが端整な顔をしかめる。

「ずいぶんと他人行儀じゃないか？　俺たちは結婚するんだからそんなふうに考えるのはやめるんだ。ここで払う金額を自分のために使ってほしい」

「これから身の回りの品も揃えなくてはな。だから、気を使わないでくれ」

そのとき個室内にノック音が響く。続いて電気が薄暗く落とされ、ウエイターふたりが入室してくる。彼らはロウソクののったホールケーキと真紅のバラの花束を抱えていて、テーブルの横に立った。

どうして？とびっくりしていたら、蒼さんが私の横にやって来て、片膝をついた。

そして、薄暗い中でもしっかりと輝きを放つダイヤモンドの指輪がのったケースを私の方に差し出す。

驚いて立ち上がり息をのむ私に、蒼さんが顔を緩ませた。

「芹那、結婚してほしい」

ロマンティックなプロポーズに涙があふれ落ちる。

「も、もう……びっくりするじゃないですか……」

頬に伝わる涙を指先で拭うが、蒼さんがぼやける。

「早く君の涙を拭ってあげたい。返事は？」

「もちろんです。よろしくお願いします」

蒼さんは立ち上がり、エンゲージリングを私の左の薬指にそっとはめる。

「蒼さん……」

ブリリアンカットの丸いダイヤモンドの周りにメレダイヤが埋め込まれていて、美しいエンゲージリングだった。

蒼さんは私を抱き寄せ唇を重ねた。

電気が明るくなってウエイターから花束が手渡され、生き生きとした美しいバラを抱きしめる。

映画みたいなプロポーズに興奮したままなんとかケーキを食べ終えて、レストランを後にした。

片手に花束、そしてもう片方は蒼さんに握られたまま車に近づき、助手席に乗せられる。

すぐに蒼さんも運転席に来て座ったので、彼の方へ体を向けた。

「驚きすぎて夢を見ているのではないかと思ってしまいました。最高に素敵なプロポーズをありがとうございました。今夜は私がお礼をしたいと思っていたのに……」

申し訳なさそうな瞳を向けると、彼はふっと口もとを緩める。

「しばらく遠距離になるぶん、エンゲージリングを贈って、芹那は俺のものだという証拠を残しておきたかった」

「ちゃんと考えてくださり本当にうれしいです。映画の一コマみたいで、いまだにフワフワしています。こんなに大きいバラの花束をもらったのも生まれて初めてです」

エンジンを始動させた蒼さんの手が、微笑む私の頬にそっと触れる。

「これからは記念日ごとに贈る」

結婚しても甘い旦那様になりそうだ。

彼は運転席から身を乗り出し微笑みを浮かべて「うれしいよ」と言って、私の唇にキスをした。


蒼さんのアパートメントに帰ってきた。

「花瓶はありますか？」

大事な花束だが日本に持って帰ればすぐに枯れてしまいそうで、蒼さんの部屋に飾るつもりで尋ねる。

「花瓶？」

冷蔵庫の方へ歩を進めていた彼が振り返る。

「せっかくいただいたバラですが、ここに飾らせてください」

「これはドライフラワーにしようと思う」

「ドライフラワーに？　大変なのでは？」

思いもよらなかったが記念の花束なので、ドライフラワーにして思い出を残せるとうれしい。

「専門の人を知っているから綺麗に仕上げてくれるはずだ」

そう言って、蒼さんは二十本くらい入るポータブルのワインセラーの前に立つ。そして、シャンパンとフルートグラス持ってカウチソファに戻ってくる。

「もしかして最初からドライフラワーにしようと？」

「まあな。持ち帰るにしても荷物になるだろう。プロポーズするのに花束がなければ格好もつかないしな。乾杯しよう」

蒼さんはシャンパンの栓を飛ばさないように開けて、フルートグラスに注ぐ。

私たちはグラスを持って軽くコツンと重ねてから口に運んだ。


「あっ……蒼さん……だ、だめ……」

蒼さんの唇が持ち上げられた内腿にすべっていき、体の奥の疼きは足先まで電流のように走る。

「俺にも触れて」

体中をとろけさせていた蒼さんの唇が戻ってきて、食べられちゃうくらいに唇を甘く食まれる。

何度も襲われる快楽の波に溺れそうだ。

「愛している」

これ以上ないくらいの絶頂がやってきて、蒼さんの腕の中で堕ちていった。

翌朝、九時四十五分のフライトの私のために蒼さんは空港まで送ってくれた。

七時三十分にフィラデルフィア国際空港に到着し、チェックインを済ませる。

蒼さんはこれから大学病院へ出勤しなければならないのに、別れがたくてお互いの手が離せない。

「そうだ。戻ったら病院へ行って定期検査をしてもらうように」

脳腫瘍の再発チェックをするように念入りに言われる。三年前に病気になってから、その一年後に定期検査を受けた以降もう二年が経っている。なので『行きます』と言っても信用されていないみたいだ。

「はい。そうします」

真面目に返事をしてからにっこり笑う。本当は寂しくて泣きたいくらいなのだが。

「伯父さん夫婦が俺たちのことに難色を示すようであれば、帰国したときに話をするから無理はしないように」

「大丈夫です。もう二十五ですし、過保護に干渉されているわけではないので」

内心では〝過保護に干渉〟ではなく、ホテルが回らなくなるので辞めることはすんなりいかないかもしれないと思っている。

でも、蒼さんとのことがなくても、今回の経験で自分の人生を切り開きたいと思い、仕事や伯父夫婦から離れようと決心できたのだ。

ちゃんと話をつけよう。

左手の薬指にはエンゲージリングがはまっていて、それを見るたびに勇気をもらえる気がする。

「病院に遅刻してしまいます」

「ああ、気をつけて帰るんだよ。着いたらメッセージを送っておいてくれ。今日明日手術が立て込んでいるが、合間を見て返信するから」

「はい。お忙しいので体壊さないでくださいね。おじいちゃんとおばあちゃんには会えず残念でしたが、蒼さんがいてくれたおかげでとても楽しい時間でした。思い出や写真もたっぷりで。本当に、ありがとうございました」

言葉にするのもやっとで、涙をこらえる。

手を恋人つなぎのままキスを交わして、そっと離れる。

「蒼さん、いってらっしゃいませ」

「ああ。いってくる。芹那も機内ではゆっくり休んで。疲れているだろうから」

じゃあと、数歩出口に向かって歩を進めていた蒼さんがうしろ髪をひかれるように振り返り、戻って来てもう一度唇を重ねた。

早く蒼さんと新生活を送りたい。

やっとのことで私たちは別れ、蒼さんの姿が見えなくなった。蒼さんは見送ると言ってくれたのだが、私が寂しくなるから嫌だと断った。

税関検査の方へ向かおうとしたとき、ひとりの男性の姿に気づき、足が止まる。

渉兄さん……？

その男性は人ごみに紛れて見えなくなった。

渉兄さんのはずがないわね。

見間違いにふっと笑みを漏らしてから歩き出した。

七、従兄の策略

フィラデルフィア国際空港を定刻通り九時四十五分に離陸し、デトロイトを経由して羽田空港に到着したのは翌日の十七時十分を回ったところだった。

日本へあっという間に帰ってきてしまい、蒼さんと離れた寂寥感は絶えないが、明るい未来にしんみりなんてしていられない。

羽田空港からリムジンバスに乗り自宅に着いたのは十九時近かった。まだ伯父夫婦は家におらず、裏口からホテルに入って挨拶しに事務所へ向かう。

蒼さんから贈られたエンゲージリングは外している。つけていたら伯母はすぐに気づくだろう。帰ってきたばかりで、会ってすぐに婚約したことなんて話せない。

フロントに峯森さんがいた。

「芹那さん！　おかえりなさい。ものすごーく待っていました」

疲れた様子の峯森さんに、周さんとふたりだけでフロント業務をしていたので大変だったのは考えなくてもわかる。

「ただいま。大変だったわよね。お疲れさまです」

「もしかして社長と副社長に？」

「ええ。事務所にいる？」

「それが、五時頃に退勤しました」

家にもいなかったということは、ふたりで食事にでも出かけたのだろう。

「わかったわ。ありがとう」

峯森さんに挨拶して、すぐ近くのコンビニで梅干しのおにぎりとお味噌汁を買って自宅へ戻った。

明日からは通常業務なので、早く寝ないと動けなくなりそうだ。

リムジンバス車内から、無事に到着した旨をメッセージで蒼さんに送っていたが、今スマホを開いても返事はなかった。

「あ！　まだ寝ている時間だったわ」

現地はまだ朝の六時過ぎだ。

旅行の荷物は明日片づけることにして、ひとまずシャワーを浴びる。おにぎりとカップのお味噌汁でおなかを満たし、スマホの目覚まし時計を五時に設定すると、久しぶりの自室の布団ですぐに眠りに落ちた。

目覚ましが鳴る音で体を起こして「ふぅ～」と息を吐く。

「う～、寝た気がしない……」

これが時差ボケなのだろうか。

体が重いなと思いながら身支度を済ませて、朝食ブッフェの手伝いに向かった。

レストランの厨房へ行くと、ちょうど山田さんがエプロンを身に着けているところだった。

「おはようございます」

「おはよう。芹那ちゃん、おかえりなさい。どうだった？」

私の生い立ちを知っている山田さんには、今回祖父母に会いに行くことを話していたので、憂慮の表情で尋ねられる。

「ただいま。結果はおふたりとももう亡くなっていました」

「まあ……。それは残念だったわね」

しんみりとした表情になった山田さんに、小さく微笑んでコクッとうなずく。

「はい。でも写真をいただけてお墓へも行けたんです」

「悲しい旅行になっちゃったのね……」

蒼さんの話もしたいが、今は朝食の準備をしなくては時間までに終わらなくなる。

「作り終わったら少し時間ありますか？」

「ええ。私は大丈夫よ」

山田さんは笑って「さて、やりましょうか」とお米の計量を始めた。

私もいつものように洋食の準備に取りかかった。

ベーコンを焼いていると、蒼さんとメープルシロップをかけたフレンチトーストとベーコンを食べたときのことを思い出す。今すぐ食べたいくらいおいしかったな。

朝食ブッフェのメニューに加えたいところだが、メープルシロップは高いのでコストを考えると却下されるだろう。

山田さんとふたりで黙々と朝食ブッフェを作り、すべてをレストランに並べ終えてから、厨房の作業台で朝食を食べることになった。

「これ、たいしたお土産ではありませんが」

ニューヨークで買ったチョコレートの箱を渡す。一つひとつにニューヨークの観光地の写真が包装されている。

「あら、ニューヨーク？　行き先はフ、フィ……あら？　どこだったかしら？」

なじみのない地名なので山田さんは首をかしげる。

「フィラデルフィアです。ニューヨークへは車で二時間もあれば行けるので、観光に連れていってもらいました」

「そうなのね。よかったじゃないの。おじいさんたちとは会えなかったけれど、ニューヨークへ観光に行けてよかったわね。あら？　連れていってもらったって今言ったわよね？」

「はい。医者だった祖父の教え子的な人に」

蒼さんとのことを話したいが、今はあたり障りなく口にする。

「親切な方でよかったじゃない」

宿泊客があと十五分で来てしまうので、急いで食事を食べながら、フィラデルフィアやニューヨークの観光地のことを話した。

いったん制服に着替えに家に戻り、ひと休みしてから事務所に向かった。

「社長、副社長。お休みをいただきありがとうございました」

「やっと帰ってきたわね。留守中、いろいろクレームがあって処理に大変だったのよ。まったく、長期の休みなんてあげるもんじゃないわね」

伯母のひどい言葉に傷つくが、毎回のことだと押し黙る。

祖父母の話は聞いてこないようだ。興味がないのだろう。

「まったく、渉も突然休みを取るから、私がフロント対応に追われたのよ？　いったいどこへ行ったのかしら」

渉兄さんは行き先を知らせていないようだ。

「……お話があるので、お時間を調整していただけないでしょうか？」

「急ぎなの？」

不機嫌な声色で尋ねられると、「……いいえ」と言ってしまう。

「なら今度聞くわ。仕事に戻りなさい」

「失礼します」

軽くお辞儀をして事務所のドアに歩を進めた。

祖母が亡くなってから、伯母の冷たい態度には慣れているが、威圧的な態度だとなにも言えなくなる。

今思うと、フィラデルフィアへ行けたのが奇跡だ。あのときは渉兄さんが口添えしてくれたおかげだと思う。伯母は渉兄さんの言うことならすんなりとは言えないまでも聞くから。

渉兄さんは蒼さんとのことを知っているし、帰国してからこの前のように三人が揃うときに話をしよう。

フロントにいた周さんにも休みのお礼を言って、仕事を始める。

パソコンで本日のチェックアウトとチェックインを確認すると、今日も忙しそうだ。

客室は九十パーセント埋まっている。

チェックアウト業務を行った後、客室清掃スタッフがひとり風邪で休みなので、私が彼女の代わりに清掃に回った。


自室に戻ってきたのは二十時過ぎで、眠気と疲れでレストランが用意してくれたガパオライスを三口ほど食べると、目を開けていられず布団に入ってすぐ眠りに落ちた。

翌日も同じように朝食ブッフェを作り、その後休憩室で朝食を食べていると、ふいに蒼さんのメッセージを確認するのを忘れていたことに気づく。

スマホのメッセージアプリを開き、「あ！」と声が漏れる。

蒼さんから返信がきていた。

開くと最初のメッセージは無事に着いたことへのねぎらいの言葉で、次は【メッセージが既読にならないが大丈夫か？】と書かれていた。

そして、三個目のメッセージが入ったのは一時間前で、【まだ既読にならないので心配している】とあった。

疲れすぎてスマホに気が回らず、蒼さんに心配をかけてしまい申し訳ない気持ちで、メッセージを打つ。

【心配をかけてごめんなさい。戻ってから仕事が忙しくて……でも元気です】

フィラデルフィアは今、十八時三十分だ。

本当は声が聞きたいが、メッセージを送信するアイコンをタップした。

するとすぐに既読になり、画面が呼び出しに切り替わった。

急いで通話をタップする。

「蒼さん」

《本当に大丈夫なのか？　既読にならないからやきもきした》

誰かが英語で会話する声が聞こえてくる。まだ病院なのだろう。

「ごめんなさい。大丈夫です。声が聞きたいなと思いながらメッセージを送ったんですよ」

《俺も今か今かと待ち構えていた。それと、芹那が泊まっていたホテルから頭痛薬の箱が落ちていたと連絡を受けたんだ。日本語で書かれていたと言っていたから、芹那のものか？》

「あ！　はい。そうです」

薬を飲んだときに洗面台に置いた後、なにかの拍子に落としてしまっていたようだ。
《頭痛があるのは心配だな。早く病院で検査を受けてくれ》
「少しです。観光をするので念のために飲んだだけです」
《それでも検査を受けてほしい》
「わかりました」
心配されるのはうれしいが、慣れていないのでそっけない返事になる。
《本当に？》
「本当です。必ず」
しばらくは病院がやっている時間帯に行ける休みはもらえないだろう。
「蒼さん、もっと話していたいのですが、もう行かないと」
《ああ。じゃあ、また》
「はいっ。声が聞けてうれしかったです」
《俺もだ。愛している。芹那は言ってくれないのか？》
ストレートな愛情表現の言葉が恥ずかしいけれど、うれしいし、私も伝えたい。
「あ……愛しています」
蒼さんの〝愛している〟で、今日一日笑顔で過ごせそうだ。

彼は《Me too. See you》（おれもだ。またな）と言って、通話が切れた。

休憩を終えてフロントへ行くと、グレーのスーツを着た渉兄さんが周さんと話をしていた。

近づく私に気づいたふたりが顔を向ける。

そうだ……渉兄さん、昨日が帰国日だったっけ。

「専務、周さん。おはようございます」

「芹那さん、おはようございます」

「おはよう」

フィラデルフィアで話をしたおかげなのか、渉兄さんの表情がやわらかく思える。

「専務、後でお話があるのですが」

「話？　わかった。ランチを外で食べよう」

そう言って、渉兄さんは事務室へ入っていく。

「専務と外でランチだなんて珍しいですね？」

「そうだね。ちょっと話があって」

渉兄さんと食事をするのは、フィラデルフィアでの朝食を除けば初めてのことだ。

そのとき入口のガラスドアが開き、ロイヤルブルー色のワンピースを着た伯母が現れた。

伯母は毎朝、ホテルの周りを回って清掃がしっかりされているかチェックしている。

「副社長、おはようございます」

私たちの挨拶に応えず、つかつかとカウンター前へ歩み寄る。

「外に吸い殻やゴミがたくさん落ちていたわ。すぐに掃除をして」

「わかりました」

苛立ちを隠さない伯母は指示した後、レストランの方へ歩いていく。

「芹那さん、私が行ってきます」

「ううん、いいの。私が掃除してくるわ。こっちをお願いね」

フロントを離れ、裏手にある物置から掃除用具を持ってホテルの外へ出た。

ほうきで周辺を掃きながら、通りがかりの近所に住む顔見知りの女性と会釈をする。

ずいぶん暖かくなって春めいてきたな。

そんな陽気のせいか、蒼さんと話ができたおかげなのか、うきうきとした気分で掃除を終わらせた。

渉兄さんと待ち合わせたカフェに入る。

ここは私が休日にときどきカフェオレと小説でくつろいでいる店だ。

「なんでも好きなものを頼めよ」

「でも……」

ご馳走してもらうのも今までになかったことだ。

「いいから。たかがランチメニューだ。俺はミートソースパスタとコーヒーにする」

「ありがとうございます。私はほうれん草とシャケのクリームパスタとカフェオレにします」

オーダーをして店員が去ると、渉兄さんがお手拭きで手を拭いた後、椅子に背を預ける。少し眠そうに見える。

「で、話って？　彼のことだよな？　話が進んでいるのか？」

「はい。プロポーズしていただきました」

「プロポーズ⁉　早くないか？　結婚の話が出ているのは聞いたけど」

「私もびっくりしました。でも、エンゲージリングを贈ってもらい、蒼さんも本気なのだと私にわからせてくれました。まだ伯父さんたちに話していないので、つけていませんが」

「それで、親父たちにその件を話すつもりなんだよな？　その相談？」

「はい。話すときに渉兄さんもいてもらえたらと思って」

伯父たちは三年前、手術の説明を受けるときに蒼さんと会ってはいるが、記憶にあるのかはわからない。

「芹那が休暇を取ったことで母さんはイライラしている。もう少し時間をおいた方が快く結婚させてくれるんじゃないか？」

たしかに今の伯母さんはいつも以上に機嫌が悪いように思う。

渉兄さんも休暇を取ってしまったせいかもと思うが、息子には甘い伯母なので結局のところ、原因は私なのだ。

「彼が迎えに来るのはいつなんだ？」

「六月です」

「じゃあ、まだ時間はたっぷりあるじゃないか。俺がタイミングのいいときを見計らって教える。その間に求人募集をかけるよ。それでいいか？」

「はい。でもフロント業務で求人募集をかけたら、理由を聞かれるのでは？」

「今だって人が足りていないんだから、なんとでも理由づけて言っておく」

渉兄さんがこんなに頼もしく見えたことはなかった。

「ありがとうございます。よろしくお願いします」

そこでオーダーした料理と飲み物が運ばれてきた。

「食べよう」

「いただきます」

スプーンとフォークを使い、パスタを食べ始める。

「渉兄さん、フィラデルフィアは美術館以外どこへ行きましたか？」

「どこだっけ？　うろうろしたが、名称を忘れたよ」

彼にとっては興味のない街だったようで、やはり私が心配で向かったとわかったが、わざわざ費用と時間をかけて行かなくてもよかったのではないか。

「伯母さんは渉兄さんの行き先を知らなかったみたいですが」

「教えたらうるさいから言わなかったんだよ」

「せっかくの旅行だったから、少しでも楽しめていたらいいのですが」

「ああ。もちろん楽しんだよ。お前は気にすることないから」

そう言って、渉兄さんは珍しく楽しそうに笑った。

四月の初めまで学生の宿泊客で忙しく、その後は普段のようにいろいろな国から外国人観光客が多くなった。

私もそうだが、蒼さんも忙しくてときどきのメッセージのやり取りだけだ。それでも最後には必ず〝愛している〟とあり、着実に彼が迎えにくる日は近づいてきていると思うと、日々がんばれる。

四月中旬の平日、ようやく休みが取れて二連休だ。今日は初音のスケジュールと私の休みが合って、銀座《ぎんざ》で会うことになった。明日は桜丘総合病院で脳外科のMRI予約を入れている。

初音と待ち合わせするレストランは、シンガポール料理をリーズナブルに食べられるという彼女のおすすめの店だ。

銀座なんて滅多に来ないから道に少し迷って到着すると、初音はすでに来ていた。

「ごめん。お待たせ」

店員に案内された四人掛けのテーブルにかけていた初音は笑顔で首を横に振る。

「ううん。私も来たところ」

彼女の対面に座り、ショルダーバッグを隣の椅子に置く。

予約したときにオーダーも済ませていたので、レストラン特製のマンダリンオレンジジュースがすぐに出される。

「まだフィラデルフィアの話を聞いていないんだけど？　おじいちゃんとおばあちゃんは亡くなっていたんだよね」

初音にはすべて話したかったので、メッセージでは詳細を伝えていなかった。

「うん。祖母は五年前に心臓病で亡くなっていて、祖父はその翌年に街で……薬物中毒者に銃で撃たれて亡くなったと」

初音が「えっ」と息をのむ。

「それと祖父はフィラデルフィアで一番大きな大学病院の脳外科医で、神の手を持つって言われていた人だったって。その教え子が、驚くことに私の手術を執刀した先生だったの」

「え！　どういうこと？」

蒼さんのことを包み隠さず話し始めた。

途中、前菜三種盛りや辛いソースのソフトクラブシェルを食べながら。

初音はずっと驚きっぱなしで、レストランでプロポーズされたことを言うと、自分のことのように喜んでくれた。

「芹那、おめでとう！　うわ、まだ信じられないわ。三年前、執刀の先生がめちゃくちゃかっこいいって言ってたわよね。なんて偶然なの！　写真はないの？」

ショルダーバッグからスマホを出して、ニューヨークで写した蒼さんの写真を差し出す。

蒼さんの姿に、初音がポカンと口を開けたまま見入っている。

「もうびっくりってもんじゃないわ。腰を抜かしそう」

「ふふっ、冗談言わないで。私もプロポーズされなければ日本に戻ってきて信じることができなかったと思う。夢だったのかなって」

「エンゲージリングははめていないのね」

伯母の機嫌と渉兄さんの話をする。

「そっか。まだつけられないってわけね。でも、渉さん、急にちょっと過保護すぎない？　フィラデルフィアまで行くなんて」

「そう思う。突然ホテルにいるってメッセージをもらって怖かったわ。でも、蒼さんのことは話をしてわかってくれたからよかった」

「芹那の味方になってくれることを切に願うわ」

「求人募集をしているし、月末には社員が増えると思う」

この店で人気のシンガポールチキンライスが運ばれてきた。

「おいしそう」

「この後に出るマンゴープリンも絶品よ」

「前菜もソフトクラブもおいしかったわ。あちこち食べ歩いている初音がそう言うのなら絶対よ」

笑みを深めてチキンライスをスプーンで口に運ぶ。

「芹那。はやく六月になればいいね。私、本当にうれしいわ。芹那を愛してくれる人と出会えたんだもの」

「伯父たちと話をしなくてはならないのが心配なの」

反応は目に見えている。すんなりとはいかないだろう。

「芹那、あの人たちは芹那を家族の一員ではなくて、まるで使用人のように扱っていたじゃない。今だって、朝から晩まで働かせて。もう充分尽くしたと思うわ」

「お給料ももらっているし……」

「正直言って、その金額じゃあ少なすぎるわよ。働きに見合わないもの」

以前、お給料について彼女に話したことがあり、その金額にあぜんとなっていた。

初音の言っていることが正しいのはわかる。けれど、そんな扱いをされても大学まで行かせてもらった恩はある。

「もう成人しているんだから、なんと言われようが縛ることはできないわ。結婚してフィラデルフィアへ行きますって言えばいいのよ」

できれば祝福してほしい。

「わかってもらえるようがんばるわ」

「うん。朗報を待っている」

デザートのマンゴープリンをいただき、レストランを出ると銀座の街をウインドーショッピングしながら歩いた。


翌朝、目を覚ますと熱っぽい感じがしたが、疲れているせいだと思う。昨晩は二十一時に就寝して十二時間たっぷり寝ているのに、眠くて仕方ない。

「寝すぎってやつかな……」

大きなあくびをひとつ漏らして布団から出ると、病院へ行く用意をする。

血液検査もするので、朝食は食べられない。

玄関でスニーカーを履いていると、背後から「出かけるのか?」と渉兄さんの声がした。金曜日で平日なので家に誰もいないと思っていたが、渉兄さんがカップを持って立っていた。

コーヒーの香りがやけに鼻につく。

「おはようございます」

「おはよう。今日も休みだよな？　どこか出かけるのか？」

「ちょっとだけ出かけてきます。渉兄さんはここでのんびりしていていいんですか？」

「ああ。これから外回り。その前にコーヒーをね」

両親がいるから、事務所だとゆっくり飲めないのかもしれない。

「渉兄さん、もうそろそろ蒼さんの話をしたいんですが」

「……わかった。数日以内に機嫌のよさそうなときを見計らって教える」

「お願いします。では、いってきます」

伯父夫婦に対峙しなくてはならないと思うと心臓が痛いが、避けては通れない。

わかってもらえるようにちゃんと話をしよう。


二年ぶりに桜丘総合病院へやってきた。

カウンターへ歩を進め受付を済ませると、渡されたバインダーに挟まれた問診票に記入する。

読み進めながら書き込んでいると、ひとつの質問に手が止まる。

【妊娠中ですか？】

妊娠……。そういえば二月末にあった後、生理がきていない。普段からあまり順調ではないため、帰国して忙しかったから遅れているのだろうと気にしていなかった。

避妊はしていたけれど、確実ではない。

受付に戻り、問診票を女性に見せる。

「すみません。ここの質問は定かではないのですが……」

「本日はＭＲＩの予定なので、ご確認された方がいいと思います。産婦人科を受診されますか？」

「そうなると、ＭＲＩの予約は変更しなければならないですよね？」

「はい。予約時間が十一時になっていますが、妊娠されていなくても、産婦人科が混んでおりますのでその時間には無理かと」

受付の女性は申し訳なさそうな表情になる。

万が一、私と蒼さんの赤ちゃんがおなかにいたら大変なことになる。

「産婦人科を受診します。ＭＲＩは、お手数をおかけしますがキャンセルでお願いします」

「わかりました。はっきりしてから予約をお願いします」

受付の女性はテキパキとキーボードで打ち込んでから私に受付票を渡し、産婦人科の場所をカウンターにある地図で案内してくれた。

建物の奥まったところに産婦人科があり、そこのソファで順番を待つ。

産婦人科前には大勢の女性が待っている。

ふと、通路を挟んだ対面に座るおなかの大きな女性に目を留めた。幸せそうな表情でおなかをさすっている。

もし赤ちゃんがいたらどうすれば……？と考えるが、結婚は決まっているのだから蒼さんはきっと喜んでくれるだろう。私も赤ちゃんがおなかにいたらうれしい。

そう考えると前向きな気持ちになってきた。

看護師に呼ばれ尿検査と血液検査をし、しばらく待って診察室に呼ばれる。

女性の医師だったのでホッと安堵する。

「尿検査では妊娠しています。超音波検査をしましょう」

妊娠していた……！

まさかと疑っていたけれど、確実な言葉に驚きつつも頬が緩んでくる。妊娠したことへの喜びが湧き上がっているのを感じた。

「そちらの台に寝てください。超音波検査をします」

画面で赤ちゃんの映像を確認でき、無性に喜びが込み上げて目頭までも熱くなる。

「おめでとうございます。出産予定日を計算しますね」

私が診察台から体を起こし身づくろいをしているうちに、先生は最終月経などから出産予定日を算出し、十二月二日だと教えてくれた。

現在妊娠二カ月の七週で、赤ちゃんの大きさはブルーベリーほどの大きさらしい。

ただ、発育が少し遅れていて、万が一育たない場合もあると言われてしまい、喜びがしぼんでいく。

「お母さんの体調に影響しますから、ゆっくりして栄養のある食事を心がけてください。貧血の症状もありますから、薬を処方しておきます。つわりも人それぞれですが、あるときには無理をせずに吐き気が収まってから食べられそうなものを食べてください。詳しくはこちらの小冊子に書いてあります」

「わかりました。ありがとうございます」

赤ちゃんが育ってくれなかったことを想像すると、不安に襲われる。その様子がわかったのだろう。先生は私を安心させるように笑みを浮かべる。

「大丈夫ですよ。心がければちゃんと育ってくれますから」

「はい。芽生えた命を守ります」

「気になることがあったら、いつでも来てください。とりあえず二週間後に」

椅子から立ち上がり診察室を後にした。

病院を出たのは十三時近くで、薬局で貧血の薬をもらい、帰りがけに近くのカフェに寄った。

血液検査のために朝食を抜いていたのでおなかが空きすぎたのか、少し気持ち悪い。

さっぱりしたものが食べたかったが、栄養を考えてオムライスとココアを頼んだ。

料理が来るまで病院でもらった小冊子を読もうと、テーブルに出して読み始める。

もうつわりはあってもおかしくないとあるが、まだない。

私に赤ちゃん……。

祖母が亡くなり、常に孤独だった。愛してくれる人が現れて、赤ちゃんまで授かった。こんなうれしいことはない。

ただちゃんと育ってくれるかの不安要素があるから、手放しで喜べない。

蒼さんには二週間後の受診をしてから話そう。

必要以上に心配をかけたくないから。

ゆっくりカフェで過ごしてから、体のために料理をしなければと思い、スーパーマーケットに寄って帰宅した。

ダイニングキッチンを使うからには人数分作らなければとけっこう買ってしまい、食材の入ったスーパーマーケットの袋は重かった。

「ふぅ～」

献立は肉団子の甘酢あんとほうれん草の胡麻和え、鶏肉とごぼうの炊き込みご飯に決めている。

まだ支度には早い時間だから、部屋でひと休みしよう。

不安はあるが、前向きに。きっと赤ちゃんは育ってくれると信じることにしたから、前向きな気持ちになっている。

部屋で母の手紙と両親の写真、そして蒼さんからもらった祖父母の写真をじっくり眺めて、赤ちゃんがいることを報告し、どうか見守っていてくださいと心の中でお願いした。

料理を作る前にホテルの事務所へ赴く。

伯父と渉兄さんはいなかったが、伯母がいた。

「あら、今日は休みなのにどうしたの？」

「夕食を作るので、よかったらいかがでしょうか？」

「作ってくれるの？　わかったわ。帰ったら食べるわ」

伯母は夕食に気をよくしたみたいで、いつもは見せない笑みを浮かべる。

「では、失礼します」

事務所を出て裏口から家に戻り、キッチンで料理を始めた。

料理は十八時にできあがった。ひとりで食べるのもと思い待っていたが、十九時になっても伯父夫婦と渉兄さんは現れない。

フロントに電話をかけ、事務所に社長たちがいるかどうか峯森さんに確認する。

《いいえ、お三方、正面から六時頃出ていきました。なにか急ぎの用でも？》

出ていった……。

「急ぎの用じゃないの。お疲れさまでした」

スマホの通話を切ってため息が漏れる。

先に食べよう。

今日、蒼さんのことを話すいいきっかけだったのにと思うと残念だ。

食事を終えてお風呂から上がり部屋にいると、玄関が賑やかになった。

お酒を飲んだのか、伯父の陽気な声が聞こえてくる。急遽取引先と会食が入ったのかも。

料理はラップをしてテーブルに置いてあるが、きっと食べられることはないだろう。

伯父夫婦が寝室に引き取ったら、冷蔵庫に入れよう。

そう思ったところへドアがノックされた。

「俺だ。今いいか？」

渉兄さんだ。

立ち上がってドアを開けに行くと、渉兄さんはノートパソコンを開いたまま持って立っている。

「どうぞ」

端に寄って中に入ってもらう。渉兄さんはまだスーツ姿だ。

「どうしたんですか？　求人のこと……？」

心なしか焦った表情にも見えるので、首をかしげる。

「驚くなよ？　外国人観光客の情報を得るためにウェブのニュースを見ていたら、朝霧先生の記事が出てきたんだ」

「蒼さんの？　向こうでも著名なお医者様なので、医療記事に出たとか？」

「いや、違う。芹那、座った方がいい」

私を座らせて、渉兄さんは祖母が使っていた座卓の上にノートパソコンを置く。

「向こうの一流自動車メーカーの令嬢と婚約したと……」

「ええっ⁉」

渉兄さんはマウスをクリックしてその記事を画面に出した。

文面を読むと、渉兄さんの言った内容が書かれており、何枚かの写真があった。遠距離から撮られていて、蒼さんと女性が笑い合っているところや、腕を組んで歩いている写真もあって、胸がギュッと締めつけられた。

女性はまっすぐな黒髪で胸の位置まである美しい人だ。

「え？　に、妊娠？」

記事には女性は妊娠三カ月とあった。

「こ……こんなことって……」

私へのプロポーズはなんだったのか。あのひとときはすべて嘘だったの？

「なんて言っていいのかわからないよ……」

神妙な面持ちの渉兄さんも戸惑っている。

「ひどい……」

目の前がクラクラしてきて、パソコンを見ていた焦点が合わなくなり、うしろに倒れそうになったところを渉兄さんに支えられる。

「大丈夫か？」

「ちょ、ちょっと……目眩《めまい》が」

体を起こしてうつむき加減で右手を額に置く。

「無理もない。こんな男だとは思わなかったよ。芹那を幸せにしてもらえると信じていたのに」

「この記事が間違っている可能性は？」

「このウェブサイトは確実なことしか出さないと有名だ。だから、信憑性は高い。相手が妊娠しているし、なんと言ってもアメリカ最大の自動車メーカーの孫娘だから、彼もセレブの仲間入りだ。ひどいことを言うようだが、芹那とこの令嬢とでは比べても勝ち目はない……と思う」

記事を百パーセント信じられないけれど、写真の蒼さんの笑顔が彼女への愛がうかがえる。

「どうしたらいいのか、わからない」

我慢していた涙が決壊して、ポロポロ頬を伝う。

「こんなやつのために泣くなんてもったいない。追いすがったら芹那の負けだと思う。なにも話さずに別れた方がいい」

「話さないで別れる……。うん……蒼さんと話をしたら惨めになるだけ。

「ショックを受けさせてしまってごめん。お前が騙されていると思ったら、知らせずにはいられなかったんだ」

「ううん。もう、ひとりにさせて……」

「わかった」と、渉兄さんはノートパソコンをパタンと閉じて部屋を出ていった。

ドアが閉まった瞬間、悲しみが襲ってきて涙があふれ出る。

これは事実なのか、聞きたい。けれど、それを尋ねる勇気がない。

祖母が亡くなったとき以来の号泣で、涙を止めようと思っても止まらなかった。

泣いちゃだめ。赤ちゃんに影響しちゃう。

この子だけが唯一の心の支えだ。

横になって歯を食いしばって涙をこらえているうちに、暗闇に引き込まれていった。

ハッとなって重い瞼を開けると、スマホの目覚ましアラームがけたたましく鳴っていた。

「あ……」

昨晩のことを思い出して、ギュッと胸が締めつけられる。

次の瞬間、胃からせり上がってくる吐き気に驚き、急いでトイレに向かった。

「ううっ……」

これがつわり？

いくら吐いても気持ち悪さは収まらなかったが、その足で洗面所へ入る。

洗面所に映る顔は色がなく、目も腫れている。

冷水でバシャバシャ顔を洗ってから、ダイニングキッチンへのろのろと足を運ぶ。

テーブルに置いていた料理の皿は見あたらず、一枚の紙を目にして近づき手に取る。

【おいしかったわ】

伯母の字だ。これは私に？

冷蔵庫を開けても昨日作った料理はなく、皿は食洗器で綺麗になっていた。

こんなふうに書いてくれたのは初めてのことで、傷ついた心に染みて涙が出そうなくらいうれしかった。

「――那さん、芹那さん」

「え？　あ、はい。ごめんなさい」

今日の早番の峯森さんが、受話器の通話口を手で押さえて見ている。

「どうしたの？」

「三〇一号室のイギリス人の方が浅草《あさくさ》までの行き方を教えてほしいと。すみません。私では理解してもらえなくて」

「ううん、変わるわ」

峯森さんから受話器を受け取り、浅草までの行き方を教える。

通話を切ると、またいつの間にか蒼さんのことを考えてしまっている。

だめだめ、仕事に集中しないと。考えるのは仕事が終わってから。

困惑と不安に駆られていた一日だった。

二十時過ぎ、ホテルから戻り、部屋に入って体の力が失われたみたいにぐったりと座布団の上に座る。

これでは赤ちゃんに悪い影響を及ぼしてしまう。でも、無事に産んだとしても、私と同じように愛してくれる父親がいない人生になる。

ふいにドアがノックされた。

「芹那？　いる？」

伯母の声だ。

「は、はいっ」

立ち上がり歩を進め、ドアを開けた先に伯母が笑顔で立っていた。

「夕食まだでしょう？　レストランでピザを焼いてもらったの。たくさんあるからどうぞ」

レストランで提供しているピザの箱を渡される。

「こんなには……」

「若いから食べられるでしょう。疲れているだろうから、ひとりで食べるといいわ」

「ありがとうございます」

受け取ると、伯母はリビングの方へ戻っていきドアを閉める。

昨日の料理のお礼なのだろうか。

テーブルの上にピザの箱を置く。Mサイズの大きさで、いつもならひとりで食べられるところだが、チーズの匂いに胃が暴れだす。

今日一日食欲がなくて、朝と昼におにぎりをひとつずつ食べただけだ。

レストラン名物のシーフードがたっぷりのったピザは大好物なので、ひと切れだけでもと食べ始める。

胃の中に入れたら、思いのほかまだ食べられそうでピザの半分がなくなった。

蒼さんに聞きたい……。

そのとき、テーブルの上のスマホが着信を知らせ、ハッとなる。

「蒼さん……」

どうしよう。電話に出たらなにを話せばいいのかわからない。

でも声が聞きたい気持ちには逆らえず、通話をタップする。

「も……もしもし、芹那です」

《芹那、仕事中だったか？》

そう尋ねる声はいつもと変わらない。

「部屋に戻ったばかりで……」

《声がおかしいな。風邪でもひいたのか？》

「少し喉がいがらっぽいかも」

《病院へ定期検査に行ったか？》

「……ごめんなさい。まだ忙しくて。そっちは朝ですよね？」

病院へ行ったが、結局は脳外科にかかることなく妊娠が発覚した。そのことを言うつもりがないので、話を変える。
《ああ。土曜日だが今日は出勤している。病院へ行く時間もないとは。君が心配だ》
「私なら大丈夫です」
《無理はしないように。じつは話があって電話をしたんだ》
ドキッとして肩が跳ねる。
「話……？」
《ああ。六月に迎えに行く約束だが、調整がつきそうもない》
蒼さんの言葉に心臓がズキッと痛む。
迎えに来る気はないのに、いつまで引っ張るの？
「……お忙しいんですね」
《すまない。なんとか七月には行けるようにする。伯父さんには辞めることを伝えたのか？》
「まだ……」
《話づらいんだな。一カ月延びてしまうから、急がないで大丈夫だ》
婚約の話を知らないフリをしていれば、こうして蒼さんの声が聞ける。もしも話してしまったら、もう二度と愛している人の声が聞けなくなるのだ。

それだけは、いや……！

「七月になってしまったのは残念ですが、お仕事なので仕方ないです。早く迎えに来られるようにがんばってください」

明るくおどけたように言うと、蒼さんのおかしそうな笑い声がする。

《そうするよ。じゃあ》

通話が切れる。

恒例の〝愛している。芹那は？〟を言ってくれなかった……。

彼が平気で嘘をついているのはわかっているのに、ショックだった。

それから毎朝つわりがあって、体調と精神面も疲れに疲れきっていた。そんなとき、伯母に呼ばれ事務所に向かった。

またクレーム処理だろうと思っていたが、伯母は上機嫌で、応接セットのソファに座るように示される。

伯母は斜め前のひとり掛けソファに座ると脚を組む。

「お疲れさま。最近体調が悪いみたいだけど、休んだ方がいいんじゃない？」

伯母からそんなことを言うなんて驚きだった。

「いいえ、大丈夫です」

「あなたに話があるの」

そう言ったところで、渉兄さんが現れて私の対面のソファに座った。

どうして渉兄さんが？

当惑していると、伯母が口を開く。

「芹那、渉と結婚したらどうかしら？」

「え？　私が渉兄さんと結婚……？」

寝耳に水で、ポカンと渉兄さんへ視線を向ける。

「渉に聞いたのよ。結婚の約束をしたのに、男には本当は婚約者がいたってね」

私が話す前に、まさか伯母から蒼さんの件が出るなんてと、驚愕する。

「渉兄さん……」

「すまない」

「芹那、あなた妊娠しているんじゃない？　朝トイレで吐いているのを見て、具合が悪いのかしらって思っていたら、翌日もそうだから。それで渉に恋人がいるのか聞いたのよ」

私がトイレに駆け込むのは五時くらいで、その時間に二階の伯母が気づいていたと知ってがくぜんとなる。

「どうなの？　妊娠しているの？　つわりじゃなくて？」

「……そうです。妊娠しています」

「産むつもりなんでしょう？　ひとりで育てるのは大変よ。渉と結婚すればいいわ。そうしたら、ゆくゆくはふたりがこのホテルを経営していけるから、私たちも安心よ」

伯母は渉兄さんの子どもとして育てなさいと言っているの？

「でも、それでは渉兄さんの迷惑に」

好きでもないのに、結婚だなんてできるわけない。

「俺は前から芹那が好きだ」

思いもよらない告白にポカンと口を開き、あぜんとなる。

「だから心配でフィラデルフィアまで追いかけていったんだ。お前があの男と幸せならそれでもいいと思ったよ。だが騙されているのを知ったら、あきらめられなくなったんだ」

心の中を吐露した様子の渉兄さんは、真剣な表情で私を見つめる。

「渉兄さん……」

「おなかの赤ん坊は実の子どもとして育てる。不幸にはさせない。俺と結婚しないか？」

「芹那、渉もそう言っていることだし、あなたには願ってもない話だと思うの。シングルマザーでやっていくのは大変よ」

伯母は左手薬指のマリッジリングをくるくる回しながらにっこり笑う。

「すぐに返事は……」

「考えるまでもないと思うけど、後でいいわ。じゃあ、仕事に戻って」

ソファから立ち、お辞儀をして事務所を出た。

まさか渉兄さんが私を好きだっただなんて、びっくりよりも仰天と言った方が合っている。

赤ちゃんも知られてしまった。

私はどうすればいいの……？

悩みは解決しないまま妊娠が発覚して二週間が経ち、検診の日になった。

桜丘総合病院の産婦人科を受診し、赤ちゃんは元気に育っているとのことで胸をなで下ろす。

食欲もない中、できるだけ食べていたけれど赤ちゃんに栄養が届いているのか心配だった。

翌日、客室清掃スタッフが足りなくて部屋の掃除を終わらせて廊下に出ると、隣の部屋のドアが開いていた。

たしか今朝チェックアウトした部屋で、別のスタッフが清掃を終わらせたはずだ。なぜ開いているのだろうかとドアの前へ立ったとき、伯母と渉兄さんの声が聞こえてきた。

「芹那からまだ返事はないの?」

「ああ」

「まったく身のほど知らずなんだから。大事なひとり息子と結婚させてあげようっていうのに。あなたがどうしても結婚したいと頼まなかったら、芹那を嫁になんて思ってもみなかったわよ」

高飛車な話し方をしていて、いつもよりも苛立っているみたいだ。

「お義母さんの遺言と遺産がなければ、大学まで行かせる気もさらさらなかったのに」

今なんて……? 私はおばあちゃんの遺産で大学に行けたの?

「ばあちゃんは芹那のことばかり考えていたからな。まだ遺産残ってるんじゃ?」

「そんなのとっくにないわよ。大学までやれば近所の体裁もいいし。それよりも、あなたが芹那を好きだったなんて本当にびっくりよ。おとなしい顔をして魔性の女ね」

「そうかもな」

「赤ん坊はおろさせるわよ」

え……？

伯母の言葉に耳を疑う。

「あなたの子どもなら芹那が気にいらなくてもかわいがるわ。でも、よその男との間に生まれた子を孫としては認めない。結婚を許したのは、芹那がいればホテルは回るし孫が欲しいからよ。孫っていっても、あなたの子しか認めないわ」

「わかるよ。俺も芹那には『おなかの赤ん坊は実の子どもとして育てる』と言ったけど、本心じゃない。ほかの男の子どもなんて顔も見たくない」

ひどい！

まだふたりは話をしていたが、その場から離れた。

祖母が亡くなってから冷たくなった伯母の意図を、もっとちゃんと考えるべきだった。急に優しくなるのもおかしい話だった。

私との結婚を許すのは、ひとえにホテルのため。

もうここにはいられない……！

八、愛しい人を探して（蒼Side）

「Doctor Asagiri, you're in a bad mood.」（朝霧医師、機嫌が悪いのね）

医局に戻る途中、同期のマーシャ・スミスが隣に並び、顔を覗き込まれる。

「なぜわかる？」

「だって、機嫌が悪いときのあなたはめちゃくちゃ早歩きだもの」

足を止めた俺に、彼女は顔をしかめた後笑う。

赤毛の肩甲骨ほどまである髪はうしろで一本に結んでおり、彼女のあだ名は〝美しい馬〟だ。

「忙しいからな」

再び歩き出し、並んで医局へ向かう。

「六月に休暇を取る予定が、一カ月延びたからじゃない？」

「図星だ。君は俺のことをよくわかっている」

「はやくフィアンセを迎えに行きたいでしょうけど、神の手を受け継いだあなたには手術依頼がどんどん入ってくる。仕方ないわね」

「もちろん、彼女はわかってくれる。人命が第一だ」

そこで医局前に到着しデスクに座ると、キーボードを打ち、午後から手術予定の患者のデータや脳の映像を出した。

そういえば、芹那も脳外科へ検診に行くと言っていた。ＭＲＩの結果はすぐに出るはずだから、明日の朝電話をしてみよう。

翌朝、日本との時差を考え、出勤してから芹那に電話をかける。日本とフィラデルフィアの時差はやっかいで、大抵どちらかの都合が悪いが、今なら仕事から戻っているだろう。

電話をすると、芹那の声がおかしい気がした。そう尋ねた答えは、喉がいがらっぽいと言う。検査も忙しくて行けていないようだ。本当にいつまでもあの環境にいさせたくないという気持ちに駆られ、焦りが出てくる。

芹那の疲れた声を聞くと胸が痛む。

彼女は相手の気持ちを思いやれる人だから、迎えに行くのが七月になると言っても明るく『七月になってしまったのは残念ですが、お仕事なので仕方ないです。早く迎えに来られるようにがんばってください』と俺を励ます。

通話を切ってから、いつもは必ず〝愛している。芹那は？〟と言うのを忘れてしまったことに気づいた。というのも、緊急のドクターコールで呼ばれたからだ。

前の電話から二週間が経ち、その間何回かメッセージを送っていたが、既読にならず、疲れていてスマホを見る気力もないのだろうと思っていた。

しかし、こんなに既読がつかないことなどなかった。

怪訝に感じたその直後、芹那に宛てたメッセージが突然送れなくなり、焦燥感に駆られる。

《現在、使われておりません》

帰宅してから電話をかけてみると、無機質な機械音が信じられない言葉を告げた。

「どういうことなんだ？」

流れる機械音に眉根を寄せる。

日本は朝九時を過ぎたところで、ホテルに電話をかける。

《スプリング・デイ・ホテルです》

女性の声がしたが、芹那ではない。

「朝霧といいます。春日芹那さんをお願いします」

《申し訳ありません。春日は退職しました》
「辞めた？」
伯父夫婦に結婚の話をして、即解雇させられたのか？
「彼女は自宅にいるのでしょうか？」
《それは……》
言い淀む女性に、なにがあったんだ？と不安に駆られる。
「春日渉さんはおられますか？」
《少々お待ちください》
保留音が流れ待つ間、いろいろな考えが張り巡らされる。
一番の懸念は、あの冷たい伯父夫婦にひどい言葉で傷つけられやしなかったかだ。
そこで男性の声がした。
《春日です》
「フィラデルフィアでお会いした朝霧です。芹那に連絡がつかないのですが。そちらも辞めたと」
《ええ。突然なにも言わずにいなくなったんです》
そっけない言葉にがくぜんとなる。

「いなくなった⁉　どういうことなんだ？」
《俺にもまったく。恩知らずで、理由も話さず辞表だけが社長のデスクに置いてあったんですよ。てっきりそっちに行ったのだと思っていましたが、違うんですか？》
「いいえ。こっちには来ていない。いついなくなったんですか？」
《二日前です》
「突発的な事故や事件の可能性は？」
《それはなさそうです。ホテルの防犯カメラにキャリーケースを引っ張って出ていくところが映っていましたから。そうか、あなたのところじゃないとなれば、帰国後に突然出ていったんだ、あなたが原因なんじゃないですか？》
彼は淡々とした口調で言い放つ。
「警察に通報してください」
《二十五歳で立派に成人しているんですから、警察も相手にしてくれませんよ。現に自分自身でキャリーケースを持って出ていっているんですから。私は忙しいんです。それでは》
通話は一方的に切れた。
どういうことなんだ？　芹那、君は今どこに？

警察に関しては、彼の意見がもっともだろう。そうなれば、興信所に頼むしかないが、俺はまだ動けない。

思案した結果、東京にいる友人、堀田理人《ほったりひと》に頼むことにした。彼は大手建設会社で働いており、俺がアメリカ留学してからもときどき連絡を取り合う仲で信頼している。

電話で話をしたいが、この時間は勤務中のはず。

パソコンに向かい、事の詳細を書き込んで芹那の写真を添付し、実力のある興信所へ依頼するよう頼むメッセージを送った。

理人から連絡が入ったのはそれから二時間後。

《蒼、驚いたよ。いつの間に婚約したんだ？　すぐに連絡をくれてもいいんじゃないか？》

「すまない。忙しくてついな。それで、引き受けてくれるか？」

《ああ。突然の失踪か。興信所なんて縁がないから、しっかりしたところを調べて依頼する》

「ああ。実力のある興信所を頼む。芹那を捜し出せるならどれだけ高額だってかまわない」

《わかった。芹那さん、綺麗な子だな。日本人離れした――》

「アメリカ人の母と日本人の父のハーフだ。たしかに美人だが、彼女は内面も美しい。本当に大切な存在なんだ」
《蒼がそこまで惹かれる女性など初めてだな。しかし連絡を絶って失踪か、心配だ》
「忙しいところ申し訳ないが、よろしく頼む」
理人は快諾してくれ、ひとまず胸をなで下ろして通話を切った。

一カ月が経ち、六月に入った。

敏腕の調査員がいる興信所でさえ、芹那の行方はまだわかっていない。

どこへ行ったんだ？　なぜ俺に連絡をしない？　なぜなんだ？

芹那が消えてから毎日同じことを考えていた。


六月の中旬、手術のスケジュールを調整し、なんとか四日だけ休暇を取って日本へ飛んだ。実質、滞在できるのは二日間だけだ。

早朝のフライトでフィラデルフィア国際空港を経ち、羽田空港に着いたのは十四時十分。タクシーに乗り渋谷区にあるスプリング・デイ・ホテルへ向かった。

ホテルの前にタクシーが止まり、支払いを済ませて車から降りる。

ここが、芹那が働いていたホテルか。

フィラデルフィアで誇らしげにホテルの話をしていたのを思い出す。

なにか彼女の手掛かりが見つかるといい。

そう考えながらガラスドアへ歩を進めた。

「いらっしゃいませ」

フロントの若い女性は丁寧に頭を下げる。胸にあるネームプレートに〝周〟とある。

「朝霧と申します。以前ここで働いていた春日芹那さんの件で、春日渉さん、もしくはご家族に会いたいのですが」

「専務に確認いたします。お待ちください」

彼女は受話器を上げてどこかへ電話をかけ、出た相手に話をしている。

受話器を置いた彼女は俺に「そちらのソファで少しお待ちください」と告げるが、座らずに芹那が働いていたロビーを眺めていた。

芹那が話してくれた通り、ＳＮＳ映えがする木のぬくもりのある空間だと納得する。
二、三分が経ち、彼女の従兄が現れた。
「朝霧さん、日本に来られたんですか」

「ええ。芹那が心配で。連絡はなにもないんですか？」

「まったくないですよ。朝霧さんにも連絡をしないのはおかしいですよね。けんかでもしたんじゃないですか？　だから行方をくらましたのでは？」

彼は攻撃的に俺に言い放つ。

「いいえ。心あたりはありません。彼女が出ていったときの映像をいただけませんか？　こちらでも興信所にあたってもらっています」

「……どうだったかな。一カ月以上も前の映像は上書きされるのでもうないはずです。では失礼します」

彼は踵を返してフロント向こうのドアへ消えていった。

「周さん、彼女から連絡があったら教えてください」

彼女にビジネスカードを手渡し、ホテルを後にした。

その後、興信所の調査員と面会し、今までにわかったことの報告を受ける。

自宅を出た芹那は新宿《しんじゅく》のビジネスホテルに一週間滞在したらしい。その後の足取りはわかっていない。

調査員は手掛かりがまったくないので、今後も難しいと判断しているようだ。

滞在中、俺も芹那が一週間泊まったビジネスホテルへ赴き、話を聞き回った。芹那のことを覚えていたフロントスタッフが言うには、女性ひとりがほとんど外出せずに部屋で過ごしていたのが気になったので覚えていたらしい。

顔は憔悴しきっているように見えたと。

ますます芹那が心配になったが、それだけの情報しか得られずフィラデルフィアへ戻った。

戻った翌日、医局でマーシャ・スミス医師が慌てた様子でやって来た。

「ちょっと、ドクター・アサギリ。これ知ってる？」

そう言って、彼女は俺にタブレットを見せる。そこにあるのはフェイクニュースのサイトで、まったくの誤報を出しているサイトだ。

スマホの画面に映る俺の名前に目を見開く。

「俺が、この女性と婚約？　どこからそんなデマを……」

「やっぱり知らなかったのね。この写真よくできているわ。本当にカップルみたいよ」

「こんなフェイクニュース、誰が得するんだ？」

アメリカ最大手の自動車メーカーの令嬢の邪魔をする輩か？

この女性とは面識すらない。

「じつはもうこの記事は削除されていて、友人がうちの大学病院の医者だからとスクショしていたの。見せようと思っていて忘れていたのよね。たしか、ニュースが出たのは四月中旬だったと」

「四月……中旬……」

まさか！　いや、日本にいる芹那がこんなサイトを観るだろうか。

フェイクニュースをあげた理由を探らなければ。

「俺のスマホにその画像を送ってくれるか？」

「もちろんよ」

マーシャはタブレットを操作し、俺のスマホに画像が送られた。

俺はアメリカの調査会社を調べて連絡を取り、この画像が誰から依頼されたものなのか、ニュースを書いた人物を特定してもらうよう依頼した。

俺との関係を絶ったのは、このフェイクニュースが原因のような気もするが……だが、彼女がこれを見る機会などあるだろうか……。いや、今はこれしか思い当たらない。

日本で彼女の従兄に会い、芹那から連絡があったか聞いたときの会話を思い出す。

『まったくないですよ。朝霧さんにも連絡をしないのはおかしいですよね。けんかでもしたんじゃないですか？　だから行方をくらましたのでは？』

彼はけんかと決めつけていた。なぜ自信たっぷりに？
芹那、どこにいるんだ。定期検査へも結局行けていないと言っていた。頭痛はひどくなっていないだろうか？

その夜、桜丘総合病院へ電話をかけ、事務長を出してもらう。
五十代後半で、桜丘総合病院に三十年以上勤め、院長である父が絶大なる信頼を寄せている男性だ。俺も子どもの頃から家族ぐるみで付き合いがある。
《朝霧先生、どうかしたんですか？》
「私の患者で春日芹那という女性が三年半ほど前に脳腫瘍の手術をしているんですが、定期検査へ来たときに知らせてほしいのですが」
《春日芹那さん、まだ来られていないんですか？》
「おそらく」
《調べてみましょう》
キーボードを操作する音が聞こえてきた。
《四月の中旬にＭＲＩの予約が入っていましたが、キャンセルになっています。ああ、その日に産婦人科を受診しています》

「産婦人科へ⁉」

心臓が止まりそうになるほど驚いた。

《妊娠されていますね。初診で七週と。四月末にもう一度受診し、その後の記録はないです》

芹那は妊娠していた……もちろん俺の子どもだ。

ますます彼女が失踪した理由がわからなくなる。やはりあのフェイクニュースを見たからなのだろうか。

突として、三年前の入院中、頻繁に見舞いに来ていた人がいたのを思い出す。

「事務長だから言いますが、春日さんは俺にとって大切な人なんです。だからお願いしたいことが」

《なんでしょうか？》

「三年前の一月、春日芹那さんが入院中の面会者のリストをお願いしたいのですが」

面会者を洗うのは大変な作業になるが、そのふたりに芹那は連絡しているかもしれない。

《わかり次第すぐにお電話します》

「ありがとうございます。お手数おかけします。彼女が現れたら連絡をください」

《若先生のためでしたら。なんでもおっしゃってください》

通話を切った後、カウチソファに腰を下ろし、用紙に今までの情報を書き出す作業に集中する。

芹那は妊娠をしている。彼女はどんな思いで俺の前から消えたのか。一瞬、別の男の子どもを妊娠したせいなのかと疑念が湧くが、首を横に振る。

彼女は俺と寝たときバージンだった。奔放な女性ではないし、日数からして疑う余地もないのに、どうしてそんな疑念を……。

自己嫌悪に陥るも、早く芹那を捜し出さなければと気を引きしめる。

産婦人科をしらみつぶしにあたればどうかと考えるが、教えるはずはない。

せめて元気でいるのかがわかれば……。

ふと、芹那には頻繁に見舞ってくれていた知人がいるのを思い出し、ひと筋の光が見えた気がした。

九、すべての幸せが舞い込む日

春日家を出て四カ月が経っていた。

「芹ちゃん、今日はアメリカからのお客様が来るからよろしくね」

「任せてください」

梢さんは、以前スプリング・デイ・ホテルで長い間働いており、脳腫瘍で入院したときにほぼ毎日お見舞いに来てくれた人だ。

二年前に箱根で老舗旅館の山楓荘を経営する幼なじみの男性と再婚しており、女将になっている。

本館と別館があり、従業員は五十人ほどが働いていてスプリング・デイ・ホテルよりも規模が大きく、露天風呂や露天風呂付き客室、素晴らしい料理を提供する旅館だ。

旦那様には病気で亡くなった前妻の息子さんがいて、現在東京の大学に通うためひとり暮らしをしている。

すっかり旅館の女将が板についた梢さんだ。芥子《からし》色の着物姿がよく似合っている。

なによりも梢さんが幸せそうでうれしかった。

私も働き始めて三カ月ほどは、旅館のユニフォームである撫子色の小紋を身に着けていた。祖母の存命中、七五三やお正月には着物を仕立てて着せてくれたのを覚えている。腹部が目立ち始めた今はゆったりとしたワンピースにエプロン姿だ。

春日家を出て一週間、新宿のビジネスホテルで身の振り方を考えていたとき、思い悩んで梢さんに連絡を取った。すると私の様子がおかしいのを悟って箱根から来てくれたのだ。

事情を話すと、部屋はたくさんあるんだからうちに住めばいいと言ってくれた。でも居候では申し訳なく、旅館の仕事を手伝わせてもらうつもりで箱根にやって来た。

数日間は旦那様と梢さんのご厚意で露天風呂付き客室に泊まらせてもらい、ようやく気持ちが落ち着き、これからのことに向き合えるようになった。

旦那様と梢さんは親身になってくれ、赤ちゃんを産んでからもここで暮らしていけばいいと言ってくれている。

本当にありがたい話で、箱根に来て四日後には従業員の寮に移動して、体に負担をかけない程度にフロントで働かせてもらうことになった。

箱根は外国人観光客に人気で、旦那様は英語を話せるが、ほかのフロントスタッフは英語が定型文的にできるくらいだったとのことで、人材がちょうど欲しかったと言ってくれ、精いっぱい務める心づもりで現在に至っている。

暑かった夏も終わり九月の初旬になって、妊娠七カ月も終わりに近づいている。

おなかも大きくなってきて、梢さんは気をつけるようにと私を常に心配している。

もうそろそろ仕事は休むようにと気遣われるが、仕事をしていないとなにをしていいのかわからない。

「だったら、編み物でもしたら？　赤ちゃんの帽子とか、靴下とか」

「編み物？　まったくやったことはないです。そんな私でもできるでしょうか？」

赤ちゃんに自分で編んだ帽子をプレゼントしたい気持ちになった。

「土産売り場の敏子《とし こ》さんが休憩中、いつも編み物をしているでしょう。彼女はプロ並みだから教えてもらうといいわ」

「でも迷惑では……」

休憩は自分のためのもので、教えるために時間を取られたら休憩じゃなくなる。

「はっきりしている人だから嫌なら嫌と言うはずよ。とりあえず聞いてみるわね」

その後、敏子さんは快諾してくれて休憩中に編み物を教わることになった。敏子さんは六十代で、話し方など祖母に似ている気がした。

昼間はまだ夏の名残で暑さはあるが、夜になると快適な温度で過ごしやすくなった。寮は自炊ができる六畳バストイレ付きでとても快適だ。

チェストの上には両親、祖母、母の祖父母の写真を写真立てに入れて置いている。

梢さんがいなかったら、私は今頃どうしていただろう。仕事も以前より楽しい。

伯父夫婦には恩があるからと、ずっとあそこで働いていたけれど、伯母があんなことを考えていたなんて……本当に恐ろしい人……。

もう忘れなきゃ。あと三カ月で大事な赤ちゃんと暮らせる。私の愛情を一心に注げる大事な赤ちゃんだ。

春日家を出るとき、荷物はキャリーケースひとつだったので、まだこの部屋には最低限のものしかないが、赤ちゃんの物を梢さんがいろいろと揃えてくれている。

少しなら貯金もあるから自分で買うと伝えると『ずっとお母さん代わりだったんだから、私にとっても孫よ』と言って、出産を楽しみにしてくれている。

敏子さんに教えてもらっている編み物は、上手になったと褒められ、今レモンイエローの帽子を編んでいる。

夕食に作った親子丼を食べながら、スマホのアルバムを開いて蒼さんを出す。自由の女神像の前で、どうやったら全身が写るかいろいろ模索しながら撮った写真だ。

あのときのことを思い出すと、胸が痛い。

スマホは以前のものではなく、春日家を出た後に買い替えて番号も変わっている。

だから蒼さんがあの後連絡をしてきてもつながらず、きっとホッとしたことだろう。

五カ月が経っているから、もしかしたら結婚しているかもしれない。

そう考えると、さらに胸が激しく痛む。

そんな私の気持ちが赤ちゃんに伝わってしまったのか、おなかがポコンと内側から蹴られる。

まだ性別はわかっておらず、この先もできることなら知らないままでもいいと思っている。

男の子でも女の子でも、私にとって最愛の子どもなのだから。

十月の中旬。妊娠九カ月の三十三週になった。

春日家を出て以来、初音に会っていなかったが、今日彼女はドライブがてら来てくれて、梢さんの旅館に泊まる。

ここへ来て二週間が経った頃、初音に連絡を入れた。こうなってしまった経緯や、梢さんのところで住み込みで働けることになったから心配しないでと話した。

突然私に連絡がつかなくなって死ぬほど心配したという初音は、蒼さんの裏切りに憤った様子だった。そんな人の子どもを産むなんてどうかしていると言われたが、どんなにひどいことをされてもふたりで過ごした時間は今思い出しても愛おしく、天涯孤独の自分に子どもがいてくれたら幸せな気持ちになれるからと伝えた。

正直な気持ちを初音に吐露すると、最後にはわかってくれて『私もできるだけサポートするから』と言ってくれた。


「芹那〜」

お昼前、旅館に着いたと連絡を受けて入口へ出ると、駐車場の方から大きなバッグとショルダーバッグを持って歩いてきた。

「初音！　いらっしゃい！」

彼女の姿に笑顔で手を振って出迎える。

「会いたかったわ」

旅館の玄関の横に置いてある木のベンチに荷物を置いてから、私のおなかに気をつけて抱き合う。

「私も。来てくれてうれしい」

「今の季節の箱根は最高でしょ」

今日は雲がところどころにプカプカ浮いているスッキリとした晴天だ。

「素敵な旅館ね」

「客室にある露天風呂もいいけれど、本館にある露天風呂は山々が見えてリラックスできると思うわ」

初音には露天風呂付き客室を選んでいる。

「一緒に泊まってくれるんでしょう?」

「もちろんよ」

梢さんも何回か会ったことのある初音の来訪を喜んでくれている。

初音を部屋へ案内し露天風呂付き客室に喜んでくれていると、梢さんが木製のおかもちを持って現れた。

梢さんは初音と挨拶を交わし、座卓にふたり分の松花弁当とお味噌汁の蓋つきの椀を置いて出ていった。

「本当に梢さんのような人がいてくれてよかった」

「うん。旦那様も優しくて、お父さんってこんな感じなんだろうなって思わせてくれる。あ、ランチさっそく食べよう」

「蓋がすごく綺麗ね。お料理もおいしそう！」

松花堂《しょうかどう》弁当の四角い箱は箱根の伝統的工芸品である寄木細工《よせぎざいく》で作られ、蓋に特徴的な模様が施されている。

「寄木細工なの。こっちに来てから知ったんだけど」

座椅子に腰を下ろし、食事をしながら赤ちゃんのことや初音の近況報告で話が弾む。

いつの間にか夕方になっていて、食事の時間まで箱根の町を散策し、戻ってくると豪華な夕食に舌鼓を打ち、ひとりずつ露天風呂に入ってから夜遅くまで話は尽きなかった。

一泊なのに大きな荷物を持っていたのは、赤ちゃんへのプレゼントだった。おもちゃが全般で、まだ用意していなかったのでかわいらしいパイル素材のにぎにぎなどに喜んだ。

翌日はおなかに気をつけながら初音の運転で大涌谷《おおわくだに》や仙石原《せんごくばら》、九頭龍神社《くずりゅうじんじゃ》などを巡って、彼女は東京へ戻っていった。

おなかが大きくても自分にできる通訳や簡単な掃除、お土産売り場を手伝ったりしているうちに、十二月に入った。

ときどきおなかが張る程度で順調に正期産を迎え、十二月二日の出産予定日を一週間過ぎていた。

いつ陣痛が来ても大丈夫なように、入院バッグは用意していて、今日にでも……と待ち構えているけれど、まだ赤ちゃんはおなかの中が居心地いいようだ。

チェックアウトするお客様を女将と仲居さんとともに玄関の外でお見送りする。

壮年の夫婦は「お食事も温泉の湯もとてもよかったです。また来ますね」とにこやかに乗用車に乗り込み、車が門から道路に出るまで手を振って見送った。

「女将さん、少し散歩してきます」

ロビーの中に入ると暖かくてホッとする。

「雪でも降りそうなくらい寒いのに」

「先生も歩いた方がいいって言っていたので」

「ママのおなかが居心地よくて出たくないみたいね。私たちは早く会いたいと待ち望んでいるのにね」

そう言って梢さんは笑う。

「周辺とお庭だけにしなさいね」

「はい。ぐるっと回って最後にお庭を歩きます」

「くれぐれもすべらないようにね」

梢さんは念を押して、フロントうしろにある小部屋から私のマタニティコートを持ってきて羽織らせてくれる。

「ありがとうございます。いってきますっ」

マタニティコートは後で生地をファスナーで付け足せば、赤ちゃんを抱っこしても使えるようになっており、色は赤だ。

デパートへ行ったとき、赤いコートなんて着慣れないので躊躇すると、目立つから注意してもらえると言ってプレゼントしてくれたのだ。

建物から外へ出て、ゆっくり門へ歩を進める。

箱根は東京よりも寒く、霜が降り、数日前は初雪が降って日陰には泥まみれの凍った雪がある。

二十分ほど歩いて旅館に戻り庭へ回って、池を眺められるベンチに座る。

庭は日本庭園になっていて、池に赤い欄干のある橋がかかっている。

五月にここを初めて訪れたときは新緑がまぶしくて、今は物寂しい樹木になっているが、山茶花や寒椿が色を添えている。

「ベビちゃん、もうそろそろお顔を見せてほしいな」

出産予定日からあまり日数が経ってしまうと赤ちゃんが育ちすぎて、帝王切開になるかもしれないと先生は言っていた。

お母さんもこんなふうに私を待ち望んでくれていたはず。お父さんもきっとハラハラしながら出産を待っていたのかもしれない。

そのとき、ギュ—ッとおなかが痛み、慌てて腹部に手をやる。

「っ……う……もしかしたら、これが陣痛……」

寒さで冷えて痛むのか、その場で痛みが治まるまで我慢していると、私が来た方向から梢さんが草履なのに早足で近づいてくる。

「芹ちゃん、痛むの？」

ふいに痛みがなくなり、ホッと息をつく。

「はい。もしかしたら陣痛かもしれないです」

「帰りが遅いからロビーでうろうろしていたら、庭にいるのが見えたの。来てよかったわ。早く戻りましょう」

梢さんは私に手を添えて立たせ、自分が羽織っていたショールを肩にかけてくれてから歩き出した。

旅館の休憩室で休んでいると、やはり陣痛のようで痛みの感覚が七分間隔になっていた。

旦那様の車で梢さんに付き添われて病院へ向かう。

到着して六時間後、待望の赤ちゃんを出産した。

「おぎゃー」

疲れきってぐったりした私の耳に、赤ちゃんの泣く声が聞こえてきた。

「おめでとうございます。男の子ですよ」

看護師がまだへその緒がついた赤ちゃんを胸に置く。

「男の子だったのね……はじめまして」

我が子との初対面に涙がこぼれてくる。

「生まれてくれてありがとう」

この子のためにがんばらなければ。

梢さんや旦那様のおかげで、私は恵まれた環境にいる。

「あらあらあら、なんて愛くるしいんでしょう。ねえ、あなた」

「ああ。本当にかわいい。生まれてまだ一日も経っていないのに整った顔立ちだ。うちの和樹《かずき》なんてサルみたいだった」

翌日の午後に面会に来てくれた梢さんと旦那様は、すやすや眠っている赤ちゃんに目じりを下げる。

「名前は決まったの？」

「はい。楓真です。きへんに風の楓《かえで》に、真実の真で、楓真です」

「楓……真……それって」

梢さんはすぐに気づいて驚いた顔になる。

「はい。山楓荘の一文字をいただきました」

梢さんに声をかけてもらえなかったら、産めなかったかもしれない。妊娠中、穏やかに過ごせたのは旅館のおかげでもあるからとつけたのだ。

五日間の入院中、授乳やオムツ替えも少しずつ慣れていき、毎日見舞いに来てくれる梢さんに、お母さんらしくなったと褒められた。

退院して寮での親子ふたりの生活が始まった。

当初、梢さんが出産後は無理をしない方がいいからうちで生活しなさいと言ってくれた。だが旅館の仕事がある梢さんと旦那様に負担をかけると思い、気持ちだけ受け取り寮に帰ってきた。

生まれたばかりの赤ちゃんとふたりきりで心配事は尽きないけれど、できるだけ梢さん夫婦に迷惑をかけないように暮らさなきゃね。

そう考えていても、親切な梢さんはなにかれと世話を焼いてくれて、寮に住む仲居さんたちも気にかけてくれ、皆さんのおかげで憂いなく育児に専念できて感謝だった。

三月中旬、生後三カ月の楓真は喃語が増え表情も豊かになって、大人たちを楽しませてくれている。夜もまとまって寝るようになった。

現在は私が働いている昼間、梢さんの近くに住む妹の麻里《まり》さんが楓真を預かってくれている。麻里さんは市役所に勤めるご主人との間に三人のお子さんがいるが、手が離れたので楓真を預かりたいと言ってくれたのだ。

おそらく梢さんに強く頼まれたに違いないと思うが、保育所は今のところいっぱいで入れないし、私は働かなければならないので、ありがたくお願いした。

——ピピピ……。

目覚まし時計が鳴った。

重い瞼を開けて隣を見ると、楓真がにこにこし手足をばたつかせて遊んでいた。そのおかげでかけ布団が足もとにずれている。

「楓くん、おはよう」

私の大変さを知っているかのように、彼は手がかからない。

綺麗な顔立ちの楓真を見ていると、蒼さんを思い出す。

今頃どうしているだろうか。

神の手を持つと言われる蒼さんは、まだフィラデルフィアの大学病院で人々の命を救っている?

「さてと、起きなきゃね」

楓真のプクッとした頬をチョンとなでて、布団から抜け出した。

午前十一時過ぎ。フロントでこれから観光に出かけるというアメリカ人カップルにパンフレットを見せながら、順序やここは必ず行った方がいいとか、ここのランチはリーズナブルでおいしいなどと説明すると、ふたりはうれしそうに礼を言って出かけていった。

引き戸の自動ドアが開き、パソコンを見ていた私は顔を向けた。

「いらっしゃいま……」

入ってきた男性の姿に目を見張る。

蒼さんだった。ベージュのトレンチコートを着ていて、堂々たる姿に心臓がドクンと大きく鳴った。

フロントにいた梢さんは彼の方ににこやかに歩を進める。

蒼さんは私から視線を外さずに、たたきに立っている。

「いらっしゃいませ。ご予約のお客様でしょうか？」

今日、男性ひとりの予約は入っていないとわかっているが、梢さんはあえてそう聞いたのだろう。

梢さんには一度も彼の写真を見せたことがないので、まさか楓真の父親だとはわかっていない。

約一年ぶりの蒼さんだった。

彼の姿に心臓が暴れ始め、困惑し、脚の力が失われていきそうなほど衝撃を受けている。

「朝霧と申します。宿泊客ではないです。そちらの女性に用があります」

「あの、春日さんにでしょうか？」

そう尋ねてから、梢さんは振り返り私を見る。

「梢さん、知り合いです。少し出てきていいでしょうか？」

なぜ私の所在を捜し、会いに来たのかわからないが、このまま蒼さんがすんなり帰ってくれるわけがない。

瞬時、梢さんは蒼さんが誰だか気づいたのか口を開く。

「本日、お部屋が空いております。お泊まりになられますか？」

「梢さんっ」

「ええ。お願いします」

梢さんの言葉に驚き、彼は忙しいはずだから宿泊せずに帰ると言おうとしたが、蒼さんに遮られる。

「ではどうぞ、お上がりください」

スリッパを出して、ビジネスカバンを持っただけの蒼さんをフロントまで案内する。

「芹ちゃん、宿泊表はお部屋で書いていただいてね」

梢さんは以前に初音が泊まった部屋の鍵を私に渡し「ちゃんと話し合うのよ」と耳打ちしてきた。

私がいまだに楓真の父親を忘れられずにいるのを知っているからだ。

「すぐに戻ります」

宿泊表とペンを手にしてエレベーターに案内する。

部屋に入るまで話をするべきではないと、無言のまま五階のボタンを押した。

彼の顔を見られずにインジケーターへ顔を向けていたが、蒼さんの視線を感じる。

エレベーターがチンと音を鳴らして開く間も、おかしくなりそうなくらい鼓動がずっと暴れている。

どんな用で会いに来たかわからないが、蒼さんが結婚しているのなら楓真の存在は絶対に知らせられない。

平静を装い部屋の鍵を開け、「どうぞ」と頭を下げて促した。

最上階のデラックスルームで、ツインベッドがある部屋と十二畳の和室。露天風呂がついている。

蒼さんはスリッパを脱いで室内へ入り、私を待つ。

「芹那、捜した」

そっと引き寄せられて抱きしめられ、持っていた宿泊表とボールペンが畳に落ちる。

「は、離してください」

密着した体は離れるが、私の両腕に手を置いて見つめてくる蒼さんは、記憶にあるよりも痩せていた。それでも魅力はまったく損なわれていないが。

「そ、蒼さん……捜したって？　私とのことは遊びだったのに、なぜこんなところまで？」

「遊び？　遊びでプロポーズはしない。話をしよう。ひどい目に遭って信じられないかもしれないが、俺は芹那を愛している」

まだ信じられないが、ここまで追ってきてくれたのは私を愛しているから……？

そんなの嘘！

首を左右に大きく振り、彼の腕から離れる。

「愛している？　あの女性は？」

「あの女性？　……そうか、やはり記事を見ていたのか。あれはまったくのでたらめだ。フェ、フェイクニュースに踊らされたんだ」

「フェ、フェイクニュース……？」

きっぱりとした口調は本当のこと……そう思いたいが、躊躇する私がいる。

「必死に君を捜した。見つからなくてどんな思いで俺がいたかわかるか？」

苦渋に満ちた表情で言い放たれ、ズキッと胸が痛む。

本当に必死で捜してくれたの……？

「蒼さん……」

「俺たちはたくさん話し合わなくてはならない。とりあえず座ろう。顔色が悪い。疲れているんじゃないか？」

彼は私の手を引いて、露天風呂の手前にあるふたり掛けのソファ椅子に腰を下ろさせてから、入口に置いていたビジネスカバンを持って戻ってきて対面に着席した。

「芹那、まずは俺たちの子どもの話をしてくれ」

「妊娠したこと、知っているんですね？」

「ああ。今は生後三カ月だね？」

「……はい。男の子で楓真といいます」

調査書通りなのだろう。蒼さんはコクッとうなずく。

「いい名前だ。ここの旅館の一文字を取ったのか？」

「はい。梢さんと旦那様がいなかったら、私は楓真を産めていませんでした。一生返せないくらいの恩があります」

会わなかった月日がなかったように、普通に話せてしまう……。

「これから俺も一緒に返していくよ」

「蒼さん、それは……？」

「もちろん、芹那の夫で楓真の父親になるからだ。どんなに愛しているか伝えるのは、誤解を解いてからにしよう」

真剣な眼差しで言ってから、彼はビジネスカバンからファイルを取り出して私の方へ向けて開く。フェイクニュースの記事を出力したものだった。

「この記事を誰に見せられた?」

「渉兄さんです」

「これを見てほしい」

蒼さんはファイルから、英文でなにか書かれている用紙を出して私に渡す。

「調べるのに時間がかかったが、このフェイクニュースは従兄が仕組んだものだ」

「渉兄さんが⁉」

考えてみれば、私と結婚したいと言っていた。婚約した蒼さんと私をどうにかして仲たがいさせたかったのかもしれない。

「依頼日は俺が芹那にプロポーズした日だ。彼がフィラデルフィアに来たのは単に芹那が心配だったのかもしれないが、異常な執着心があったんだろう。俺という男が突然現れ、彼は焦り、別れさせるよう巧妙に手を打った」

「そんな……このニュースを見せられてから、伯母から渉兄さんと結婚するように言われたんです。おなかの赤ちゃんも受け入れるからと。でも、ふたりの会話を偶然聞いて。おろさせる、孫とは認めないと。ここにいたら赤ちゃんを失うかもしれないと考えて、翌朝に春日家を出たんです」

「なんてひどい……自分たちのことしか考えていない最低な人たちだな」

あの人たちのせいで、最愛の人を失いかけた。

でも、蒼さんに聞く勇気がなかった私も悪かったのだ。

フェイクニュースのせいでショックが大きくて、渉兄さんに言われるままにしてしまった。

「蒼さん、ごめんなさい。フェイクニュースだとわかっていれば……」

「芹那のせいじゃない。陥れるあの男が卑劣だったんだ」

蒼さんを信じて尋ねていれば、きっとふたりで幸せに過ごしながら出産を心待ちにして、誕生を一緒に喜べたのに。そして蒼さんに心配かけることもなかったのに……。

そう考えたら涙が出てきてしゃくり上げると、彼は席を立ち私の横に来て抱きしめてくれる。

「芹那、つらい思いをさせてすまなかった。身重の体で大変だっただろう」

彼は私の涙を指で拭う。でも、次から次へと出てくる涙に、ハンカチがあてられた。

「本当にごめんなさい。信じなくてごめんなさい」

「捜し出せて良かった」

「最後の電話で〝愛している。芹那は？〟を聞けなくて、その直後にフェイクニュースの話を聞いて……信じられなくなってしまったの」

「そんな顔をしないでくれ。俺にも責任はある。緊急の呼び出しアナウンスがあって言いそびれたんだ。離れているぶん、安心させなければいけなかったのに」

「蒼さんのせいじゃないです」

たしかにあのとき、どうして言ってくれなかったのだろうと考えたが、緊急で呼び出されたのなら無理もない。

「帰国を早めて日本へ戻ってきたんだ」

「もうフィラデルフィアに戻らない……？」

「ああ。東京へ戻って結婚して、三人で暮らそう。そのためには何度でもプロポーズする」

麗しく笑みを浮かべた蒼さんは私の唇に軽くキスを落とす。

「俺の妻になってくれるだろう？」

音信不通になった私を捜し出してくれたのだから、蒼さんの愛を信じて大丈夫。

「芹那？」

「……はい。よろしくお願いします」

まだ信じられない思いだが、頭を下げたとき、自分の姿にハッとなる。

仕事中だった。そろそろ戻らなければ。

「蒼さん、あと一時間仕事をしてから、楓真をお迎えに行って戻ってきます。ここで待っていてくれますか？」

麻里さんには三人のお子さんがいるので、夕方彼女がなにかと忙しくなる前に迎えに行くことになっていて、そのため今は旅館の仕事を時短にしてもらっている。

「もちろん。芹那こそ逃げたりしないか？」

冗談交じりに尋ねられ、破顔する私の唇にもう一度キスが落とされる。

「絶対に逃げません。お風呂とても気持ちいいので、入って待っててください」

「芹那、お世話になった梢さんと話がしたい」

「では、聞いてから電話します」

ドアまで見送ってくれた蒼さんはおでこにキスをし、心地よい雰囲気に包まれて部屋を出た。

ロビーに下りると、梢さんがエレベーターが見えるところに立ち心配そうに待っていた。

梢さんとフロントに戻りながら、周りにお客様がいないか確かめてから口を開く。

「お時間すみませんでした」

「ちゃんと話し合えたの？　どういうつもりで現れたの？」

眉を寄せて憂慮する表情の梢さんに安心してもらえるよう、笑みを浮かべる。

「すべては渉兄さんが仕組んだことだったんです。蒼さんは今でも私を愛してくれていて結婚しようと言ってくれました。それで、お世話になった梢さんと話がしたいと」

「仕組んだ？　なんてひどいことを。ええ、ええ。今から行って話をしてくるわ」

梢さんは顔をゆがめ憤った表情になり、仕事中じゃなければもっと憤慨した言葉を吐いていただろう。

蒼さんの部屋へ行った梢さんは三十分ほどで戻ってきた。行くときは怒り心頭の梢さんだったが、私に近づく彼女はにこにこしている。

「楓ちゃんを引き取りに行くとき私も行くわ」

迎えまであと三十分ほどだ。

蒼さんとどんな話をしたのか聞きたかったし、梢さんもそうなのだろう。

終業時刻になり、更衣室で着物から私服に着替えて、待っていた梢さんと妹の麻里さんの自宅へ向かう。徒歩七分ほどのところだ。

「芹ちゃんが愛した人は素晴らしい方ね。専務が邪魔をしなければ、家を出てからこの約一年苦労なんてしなくて済んだのに」

「梢さん、本当に感謝しています。梢さんがいなかったら、楓真は産まれていなかったかもしれません。それに麻里さんが助けてくれて、順調に育ちました」

この約一年いろいろな思いの中で苦労もしたが、みんなに温かく見守られて幸せだった。

「専務と副社長は恐ろしいわ。東京に戻っても二度と会わないで」

「はい。私も絶対に会いたくないです。蒼さんは、優秀な弁護士に頼んで渉兄さんやフェイクニュースをのせたサイト運営会社を訴えようとしてくれていたのですが、私からやめてほしいと頼みました。お金も時間ももったいないですし、もう関わりたくありませんから」

「それがいいわ。あの一家のことは忘れて、新しい生活を楽しむのよ。蒼さんはなんていったって、桜丘総合病院の若先生なんだから」

「今、若先生って？」

「ええ。え？　もしかして芹ちゃん、知らなかったの？　さっき、お名刺をいただいたのよ。四年前、芹ちゃんを執刀したのは自分で、これから桜丘総合病院に勤めると。それで思い出したの。お見舞いに行ったとき、看護師さんから『うちの若先生はアメリカでも著名な先生なので、安心してください』って言われたのを」

梢さんの言葉にがくぜんとなった。

そういえば、蒼さんは病院を継ぐと言っていた。あのとき病院名を言わなかったから、個人的な町の病院だと思っていた。

「すごい人が旦那様になるのだから、それ相応にご実家との付き合いも大変になるかもしれないけれど、蒼さんなら大丈夫よ」

「まさか桜丘総合病院だったなんて……びっくりです」

「あの地域では最大の総合病院だものね。困惑するのも無理はないけど」

蒼さんが桜丘総合病院の跡取りだったなんて……。

フィラデルフィアで話をしたとき、病院を継ぐと聞いただけで私が躊躇したから、言わなかったのだろう。

「明日か明後日には東京に連れて帰りたいと言っていたから、もうすぐお別れね。寂しくなるわ」

さっきは時間がなくていつ東京へ戻るつもりか話には出なかったけれど、そんなに急だと気持ちが追いつかない。

「梢さん、私も従業員なんですから、ちゃんと社則に合わせて辞めなければと思っています」

「まあ、なにを言っているの。もちろんあなたは大事な従業員。でも、うちの旅館は個人の事情を最優先に考慮しているのよ。幸せになるのなら、喜んで見送るわ」

そんな優しいことを言われたら、目頭が熱くなって涙をこぼしていた。

「梢さん……」

「泣かないの。私もこらえているんだから。もう幸せを逃がしちゃだめよ」

ハンカチを差し出され、背中をポンポンと叩かれて、涙を必死でこらえた。

麻里さんも私が山楓荘を去るのは寝耳に水だったようで、楓真くんと会えなくなるのはとても寂しいと瞳を潤ませていた。

最後に顔を見せに来るからと話し、楓真をベビーカーで引き取って再び山楓荘に戻った。

蒼さんの部屋のチャイムを鳴らすと、内側からドアが開けられる。

「蒼さん、楓真です」

彼に息子を引き合わせるのはドキドキだった。

「抱いていいか？」

「もちろんです」

広い胸に愛息を受け取ってもらう。

部屋の中ほどで立ち止まった蒼さんは、目を開けている楓真を見つめ「君のパパだよ。生まれてきてくれてありがとう」と、静かでいてはっきりとした声で言った。

「芹那、とてもかわいい。君の髪の色より明るいんだな」

「そうなんです。生まれたばかりのときは金色で、今はだいぶ髪が増えたのでブラウンに」

入室したときに気づいたが、蒼さんは山楓荘の紺色の浴衣姿になっていて、髪の毛もまだ湿っている様子。浴衣の緩く合わせた襟から喉もとまでは男の色香をまとっているようで、ドキドキしてきて視線を逸らす。

「お風呂に入ったんですね」

「ああ。昼間の露天風呂は最高だったよ。のんびりできた。憂い事もなくなったしな」

蒼さんはあぐらをかき、いつの間にか眠ってしまった楓真を膝の上で抱く。

「梢さんから聞いたんですが、明日か明後日には東京へ戻ると」

「ああ。仕事の件は心配いらないと言ってもらえた。それでいいか？」

本心では急なことについていけていない。お世話になったここを離れるのも寂しい。でも、愛している蒼さんと離れたくもない。

「はい。蒼さんといたいです」

彼は私を捜すために帰国して、日本に住むことを選択してくれた。すべては私のためだ。蒼さんの気持ちに全力で寄り添いたい。

一時間ほどで楓真は目を覚まし、部屋の中のお風呂に入れたが、蒼さんが手際よく小さな体を引き取ってくれた。

夕食は、山楓荘の料理長が丁寧に作った豪華な懐石料理が私の分まで届けられた。

蒼さんに料理を気に入ってもらえたようだ。

「芹那、ここを離れるのはつらいだろう。ときどき遊びに来よう。楓真の成長も見てほしいだろう？」

「はい。梢さんと旦那様、ここで働く皆さん、楓真を見てくれた梢さんの妹さんの麻里さん、全員によくしてもらえたので、また来られたらうれしいです」

二度と会えないわけじゃない。いつでも顔を見せに訪れることができる。

夕食が終わり、目を覚ました楓真に哺乳瓶でミルクをあげる。産んだばかりのときは母乳の出はよかったのだが、いずれ預けて働かなくてはならないのでミルクも飲ませるようにした。

「楓真を見ているから、風呂に入るといい」

「いいんですか？」

「ああ。本当は俺も一緒に入りたいが」

蒼さんの言葉に甘え、露天風呂に入る。だが、楓真の機嫌が悪くなって泣くのではと思ったらゆっくり入っていられなかった。

薄紅梅色の浴衣を着てお風呂から上がると、楓真は蒼さんの腕の中で眠っていた。

「楓真は手のかからない子だな。人見知りもしないようだ」

「たくさんの人にお世話になっていたからかもしれないです。手がかからないのは本当に助かっています」

「大変だっただろうが、いい環境で君たちが暮らせて安堵したよ」

蒼さんが微笑みを浮かべたとき、座卓の上に置いた彼のスマホが振動した。

私が楓真を受け取り、彼はスマホの通話をタップする。息子の眠りを妨げないようにか離れて話し始めた。

楓真を布団に寝かせて、お茶を入れていたところで彼が戻ってきて隣に座る。蒼さんは差し出した湯のみを受け取って、ひと口飲む。

「大丈夫ですか？　お仕事が忙しいのでは？」

「仕事じゃなく、こっちにいる堀田理人という友人がいるんだが、芹那を捜すサポートをしてくれたんだ。無事に再会できたとメッセージを送ったら、お祝いの電話を。俺を夢中にさせた芹那に会いたいと言っていたよ」

「あらためてお礼をしなくてはならないですね。私たちの幸せに尽力してくださった堀田さんに」

「落ち着いたら家に招こう。それはそうと頭痛はどうなんだ？　検査をするように来週あたり予約を俺から入れよう」

「妊娠中、頭痛はほとんどなかったです。妊娠が発覚した日、当初はＭＲＩを予約していたんです」

「知ってる。変更して産婦人科を受診したんだろう。機転がきいててよかった」

あのとき気づけて本当によかった。

「はい。問診票で生理が遅れていることに気づいて。あの、蒼さん」

「なんだ？」

「実家の病院って、桜丘総合病院だったんですね？　さっき梢さんから聞いて……」

「黙っていてすまない。以前話をしたときに、俺にふさわしくないなどと言うから、芹那を俺のものにしてから話すつもりだった」

おでこにキスが落とされる。

「桜丘総合病院の跡取りだとあのとき知ったら……蒼さんを愛しているけど、すごく悩んでいたかもしれないです。ご両親は私で大丈夫なのでしょうか？」

「俺が身を固めたと喜んでいる。思いがけない孫にも早く会いたいと急かされているよ。だから心配する必要はない」

「安心しました」

「そろそろ布団へ行こう」

蒼さんは立ち上がり、微笑んだ私に手を差し出して、二組並べてある布団に連れていく。

シングルの布団で眠る楓真の横へ行こうとする私を、蒼さんは隣の布団に寝かせた。

「蒼さん、狭いですよ」

「約一年ぶりに会ったというのに、つれないじゃないか？」

そう言って端整な顔に苦笑いを浮かべる。

「で、でも……」

「安心しろ。抱きしめて眠りたいだけだ。やっと俺のもとに戻った君を」

「蒼さん……」

腕枕をし、おでこにキスを落としてから鼻先、頬へと移動していく。そして唇が甘く塞がれた。

「んっ……」

キスの熱はどんどん加速していき、蒼さんに組み敷かれる。互いの存在を確かめるような、そんな口づけだった。

「愛している」

「私もです」

熱情がはらんだ瞳に射抜かれ、体の奥が疼くような感覚に襲われるが、お世話になったここでは……。

「やっと俺の気持ちが落ち着いた」

そう言って、私の横に体を横たえた蒼さんは、私の首の下に腕を入れた。

腕枕をしてくれている手は私の髪をもてあそんでいる。こうしていると、フィラデルフィアでの甘い時間を過ごした気持ちと同じだった。

微笑みを浮かべる唇にもう一度ちゅっと唇が重ねられる。

「おやすみ」

「おやすみなさい」

蒼さんの温かい腕の中で、幸せな眠りが訪れた。

翌日の午後、旦那様と梢さん、麻里さんも来てくれて、親しくしてもらった従業員の皆さんに見送られて東京に向かった。

今朝、寮に戻ってから、しまってあったエンゲージリングを出して指にはめた。もう二度とつけないと思っていたエンゲージリングは、贈られたときと同じ輝きを放っている。

梢さんたちと離れるのは、いわゆる実家から出ていくようで寂しさに襲われた。温もりにあふれた大事な居場所だったから。

少し道路が渋滞していた個所もあり、一時間四十分後、蒼さんは代官山《だいかんやま》の低層階マンションの地下駐車場に車を止めた。

「素敵なマンションですね」

外観は石造りで、パリの一画にあってもなじみそうだ。

「すぐ近くに公園やスーパーもあるから生活はしやすいと思う。荷物は後で俺が取りに来るから、とりあえず部屋へ行こう」

大きなものは段ボール箱に午前中に詰めて、宅配便で送る手配をしてきた。

運転席から降りた蒼さんは後部座席に座る私のドアを開け、反対側へ回る。ベビーシートから楓真を横抱きにして、エレベーターへ歩を進めた。

乗り込んだエレベーターは三階で止まり、一番奥のドアの鍵を開ける。

廊下の床にはグレーの大理石が施されており、ラグジュアリーな低層階マンションであるのは間違いない。

広い玄関から見える、廊下の先のすりガラスのドアの向こうはリビングルームだ。左の奥にアイランドキッチンが見え、とても広くて三十畳はありそうだ。

「部屋は四部屋ある」

ぐるりと部屋を見渡して、リビングルームの壁に真紅のバラの花束が逆さにぶら下がっているのが目に入り駆け寄る。

「この花束は、あのときの」

ドライフラワーにしておくと言ってくれた記念の花束だ。赤が綺麗に残っている。

「すごい……とても綺麗です。また見られてうれしい。ありがとうございます」

蒼さんは満足げに口もとを緩ませる。

それから、カウチソファセット近くに用意されていた白い木枠のベビーベッドに、楓真を寝かせる。

「部屋を案内する。おいで」

彼と手をつなぎ、主寝室や子ども部屋、書斎となにも置かれていない部屋を見て回った。

愛する人との新生活に、この上ない幸せを感じて胸がいっぱいだ。

その日の夕方、区役所へ行き婚姻届を受理された。

私は晴れて朝霧芹那になり、楓真には両親が揃った。

帰宅すると、ホテルのレストランシェフがフランス料理のコースを作り終えていて、私を驚かせた。

「結婚記念日なんだ。お祝いをしよう」

楓真がまだ生後三カ月なので、家で食べられるようにシェフに出張してもらったようだ。

「ありがとうございます。うれしいです」

シェフは帰り、ノンアルコールのシャンパンで乾杯をした後、私の左の薬指にダイヤモンドが美しいマリッジリングをエンゲージリングの上にはめてくれ、白とピンクのバラの大きな花束も贈られた。

フィラデルフィアでプロポーズしてくれたときの約束を忘れないでいたのだ。

蒼さんの左手の薬指には、私がシンプルなプラチナのマリッジリングをはめた。

「これからよろしく。奥さん」

「蒼さん、私の方こそよろしくお願いします」

顔を見合わせて、笑う。

「食べよう」

「フランス料理なんて、久しぶりです。いただきます」

熱々のオニオングラタンスープを口にする。

幸せすぎて夢を見ているみたいで怖いくらいだがこれが現実で、食事中もときどき立ち上がって楓真の様子を見に行く蒼さんの姿が微笑ましく、戻ってくると笑みを浮かべた。

楓真を寝かしつけてリビングへ戻ってきた私の体が、蒼さんに抱き上げられる。

「そ、蒼さん?」

お姫様抱っこをされたまま至近距離で見る美麗な顔。熱情を秘めた眼差しに、ドクンと心臓が高鳴る。

「ずっと抱きたかった」

唇が甘く塞がれる。

「芹那が俺のものだとわからせてくれ」

「蒼さんが……私のものだとわからせてくださいね」

私から形のいい唇に唇を重ねる。

ベッドに寝かされ、蒼さんはワイシャツとスーツのスラックスを脱ぎ去ると、私を組み敷き唇を重ねる。

ブラウスの裾をスカートから出し手を忍び込ませ、腹部をなでられる。触れられるだけでビクッと体が跳ねる。

服を脱がされ、お互いが一糸まとわぬ姿になり抱き合う。

初めて経験したときのように、心臓が痛いくらい暴れている。

「愛している。俺が芹那を見つけるまでどんなに不安だったかわかるか?」

「蒼さん……ごめんなさい」

「いや、謝ってほしいんじゃない。どんなに愛しているかを心に刻んでほしい」

私をまっすぐ見つめた蒼さんは、緩ませた口もとを近づけて唇を塞いだ。

啄むようなキスは角度を何度か変え、舌が口腔内にぬるりと侵入した。

唇と舌、口腔内をもてあそばれ、腰からおなかの辺りが熱をはらむ。

私の体をいたわるような優しい愛撫の後に訪れた絶頂。

久しぶりの濃密な時間を過ごし、互いの愛を確かめ合った。


翌日。

蒼さんは出勤し、ハウスキーパーさんがやって来た。掃除と買い物をしてもらい、料理は私が作る。買い物へ行かないだけでもとても助かる。

今夜は野菜をたくさん入れたミートローフをメインに、温野菜のサラダや、コーンポタージュを作り、ご飯とバゲットを用意した。

二十時過ぎ、蒼さんが帰宅した。

「おかえりなさい。おつかれさまです」

「ただいま」

黒のトレンチコートを彼は玄関で脱いだ。

「一日中、君と楓真のことばかり考えていたよ」

「それはだめですね。ちゃんと患者さんのことを考えないと」

顔をしかめる私に蒼さんは笑う。

「今日は医師会の重鎮たちと会ったり、事務的な作業に追われていたせいだ。さっそく父に楓真の写真を見せて自慢したら、すぐにでも会いたいと言われたよ」

子煩悩な彼に思わず笑みをこぼす私のおでこに唇があてられ、部屋の中へ一緒に歩を進める。

「この料理を芹那が？　すごいな。手を洗ってくる」

洗面所から戻ってきた蒼さんは眠っている楓真を見てから、テーブルに着いた。

「おいしいよ。毎日君の手料理が食べられるのは幸せのひと言に尽きる」

「私はフィラデルフィアで作ってくれたステーキの味が忘れられないです」

「では、休日に作ろう」

蒼さんはうれしそうに快諾してくれる。

こうして愛している人と一緒に食事をするのは、喜び以外の何物でもない。

MRI検査も終わり問題ない結果で胸をなで下ろす。

生活に慣れてきた四月初旬、赤坂《あかさか》にある朝霧家へと挨拶に赴いた。

さすが大病院の院長宅で、広い敷地に大きな洋館だった。

「父さん、母さん。芹那と楓真です。これからよろしく」

蒼さんの言葉の後、神妙な面持ちで口を開く。

「芹那と申します。ふつつか者ですが、どうぞよろしくお願いいたします」

院長だけあって厳格な顔だが、笑うと目じりにしわが寄って優しい表情になる。

「蒼と結婚してくれてうれしいよ。もう結婚はしたくないのかと思っていたんだ。こんなに綺麗なお嬢さんがいたのなら、見合いを断るわけだ。事情があったと聞いた。妊娠中は大変だっただろう」

「そうですよ。妊娠出産は命懸けですからね。芹那さん、ありがとうね。孫は目に入れても痛くないってこのことを言うのね」

楓真は義母が抱いてくれていて、じっと目を合わせてあやしてくれている。

「あーうー」と楓真が声を出すと、おふたりは目じりを下げて喜んでくれる。

おふたりの人柄に、すぐに蒼さんのご両親を好きになった。

蒼さんには二歳ずつ離れた兄がふたりと、五歳年下の妹さんがいる。

兄ふたりは医者ではなく有名企業に勤めており、結婚をしているが子どもはおらず楓真が初孫だという。妹さんは薬剤師で、現在独身。三十になるので、早く結婚してほしいと義母が言っていた。

「今日は賑やかになるわね」

きょうだい家族が集まり、緊張しながら蒼さんが私を紹介する。

「朝霧家へようこそ。大歓迎だよ」

皆さんが快く迎え入れてくれてホッと胸をなで下ろした。

十人が座れるダイニングテーブルに豪華な料理が並び、和気あいあいと食事をし、話題の中心は楓真だった。

あと十分で蒼さんから帰宅すると連絡をもらい、キッチンに立って中華スープ、チンジャオロースやエビチリと酢豚を温め、ベビーベッドへ近づく。

ベビーベッドにつけているメリーに手を伸ばしていた楓真を抱き上げたとき、玄関が開く音がした。

「パパが帰ってきましたよ」

抱っこをして玄関へ向かう。

「おかえりなさい。おつかれさまでした」

「ただいま。楓真、お迎えしてくれたのか」

頭を優しくなでる蒼さんは目じりを下げ、息子にとても甘い子煩悩なパパだ。

五月中旬、楓真は生後五カ月になりよく笑い、頻繁に訪れる義実家では大人たちを夢中にさせている。

日曜日の午後、これから蒼さんと三人で近所の公園へ散歩しに行く。

爽やかな気候で、公園に行くと楽しそうな子どもたちが見られるので、楓真のお気に入りだ。

楓真をベビーカーに乗せ、エレベーターを降りロビーに出たところで、蒼さんのスマホが鳴った。

「芹那、先に公園へ行ってくれるか？　せっかく暖かい日差しだ」

「はい。ゆっくり向かっていますね。楓真、先に行こうね」

ベビーカーを押して歩道に出る。

公園は徒歩五分ほどのところで、外に出られてうれしそうな楓真とともに向かった。

到着すると、遊具では親子が遊び、芝生でボール遊びをする風景が見られる。

よちよち歩きの男の子が抱えるほどのビニールボールを父親に投げる姿に、蒼さんと楓真を重ねる。

これから楽しみみね。

「ちゃんと産んだんだ」

ふいにバカにしたような声がして、ハッとして振り返る。

「渉兄さん！」

「家出しておいて、〝自分は幸せです〟オーラが出ているぞ。桜丘総合病院の次期院長の若奥様」

「そうさせたのはあなたと伯母さんです」

どうしてここがわかったの……？　それに蒼さんの妻だって……。

困惑しながら従兄を見やる。

「せっかく結婚してやろうとしたのに」

「あなたたちは子どもを産ませまいとしていたわ。それにあなたと結婚するつもりはなかった」

「そりゃそうだろ。俺の子ども以外受け入れられないからな。お前がフィラデルフィアへ行って、あの執刀医と会ったと聞いて嫌な予感に襲われた。俺もお前が入院中、廊下で見たんだ。本なんか差し入れしやがって！　あの頃から気があったに違いない。お前は二十五歳で綺麗だ。旅先で出会ったらなにがあってもおかしくない」

顔は嫌悪感たっぷりで、つらつらあの頃の話をする。

「もてあそばれないようにフィラデルフィアまで行ってやったんだ。遅かったがな。フェイクニュースを作らせるのに大金を払ったよ。信じ込ませるのは成功したが」

「やっぱりあなただったのね。ずいぶん手の込んだことを」

渉兄さんはフンと鼻を鳴らす。

「桜丘総合病院の不正ニュースを流されたくなければ、子どもを置いてあの男のもとから去って、俺のところへ来い」

「なんてひどいことを！　不正ニュースって？」

心臓がドクンと跳ねる。

「もちろんフェイクニュースだよ。だが世間に流されれば病院の信用はがた落ちだ。お前の決心ひとつにかかっているんだよ」

渉兄さんの執着心にぞくりとし、背筋に汗が流れる。

「そこまでだ」

蒼さんの声が辺りに響き、渉兄さんは驚愕した表情になる。

「妻を脅した罪で訴えるぞ」

「脅し？ なんのことか。久しぶりにばったり会ったから昔話をしていたんだ」

さっきまでの勢いはなく、うろたえている。

「昔話は聞かせてもらった。芹那につらつら話したひどい言葉はすべて録音されている。お前の脅しは法的証拠になる」

「くっ、くそっ。なぜ録音をしているんだ！」

「いい加減、母親から独り立ちしろよ。お前は偏った愛で芹那を縛ろうとしたが、母親から守ってさえいれば、今彼女は俺の妻ではなかったかもしれない」

それは絶対にないと反論しそうになったが、これは蒼さんが渉兄さんに改心してもらおうと思っている言葉なのだと悟る。

渉兄さんは顔をゆがめ、ガクッと両膝を地面に落としてうつむく。

「フェイクニュースを流すのなら流せばいい。病院はそれくらいのことではびくともしない。まあ、そんなことをすればお前のホテルの信用が地に落ちることになるかもしれないが。芹那、行こう」

うなだれる渉兄さんをその場に残し、蒼さんは私の肩を数回なでてベビーカーを引き取り離れた。

黙ったまま自宅に戻り、部屋に入る。

蒼さんは、いつの間にか眠った様子の楓真を抱き上げてベビーベッドに寝かせる。

「大丈夫か？　少しは落ち着いた？」

「渉兄さんが公園に来るってわかっていたんですか？」

手を握られてソファに並んで座らされる。

「来るかどうかはわからなかったが、必ず芹那に接触すると思っていた。半月ほど前にフロントの周さんから連絡があったんだ」

「え？　周さんから？」

「ああ。専務が病院の不正ニュースの依頼しているのを聞いたと。君のことも心配していた。君が出ていって、副社長と専務が君の話をしていたそうだ。君と病院、そして捜しに来た俺との接点で、以前渡した名刺から知らせてくれたんだ」

「そうだったんですね。なんてひどいことを……」

「周さんの連絡を受けた後から興信所の調査員に見張ってもらい、さっきの電話は従兄がマンションの下にいるとの連絡だったんだ」

「じゃあ、罠だったと？」

蒼さんはふっと顔を緩ませる。

「まあ罠と言えば、罠だな。これ以上、彼に悪事をさせないように、芹那や楓真に万が一、危害をくわえられないように先手を打ちたかったんだ。興信所はいい仕事をしてくれた。俺がいないときも、彼を見張らせていれば、接触したときに対処してもらえるからな」

「蒼さん、ありがとう……」

多忙の中、すべて丸く収まるように動いてくれた彼に感謝の念がたえない。

蒼さんの背中に腕を回してギュッと抱きしめる。

「家族を守るのは俺の役目だからな」

「蒼さんは最高に素敵な旦那様です。愛しています。蒼さんは？」

「いつも俺が聞くのに」

そう言って端整な顔を破顔させる。

「もちろん、俺の方が愛している」

「いいえ。私です」

「じゃあ、どちらの愛が強いか、ベッドルームへ行こう」

不敵な笑みを浮かべた蒼さんは私をそのまま抱き上げ、ベッドルームへ向かった。

エピローグ

十二月二十三日。

蒼さんは私と楓真を連れて、フィラデルフィアへ飛んだ。

楓真は十二月九日に一歳の誕生日を迎え、よちよち歩くようになり、いろいろなものに興味を示すようになった。

クリスマスをニューヨークで過ごすという素敵なプレゼントを蒼さんは考えてくれたが、ほかにも目的がある。祖父母のお墓参りをして、楓真を紹介したかったのだ。

レンタカーを借り、祖父母の眠る墓地に着いた。

祖父母の眠る墓地に着くと楓真は歩きたがり、紺色のダウンを着た小さい体で一生懸命歩いている。私は花輪を持ち、蒼さんが楓真が転ばないようについている。

夫と息子は同じメーカーの同じ色のダウンを着ていて、うしろにいる私はその姿が微笑ましくて、スマホで写真を撮る。

今日までの間、驚くべきことがあった。

伯父の経営するスプリング・デイ・ホテルがつぶれたのだ。

朝食ブッフェを一緒に作っていた山田さんからの連絡で知ったのだが、原因は伯父だった。若い女性に入れ込んで会社の多額のお金を着服し、従業員の給料が支払えなくなったのだ。

浮気された伯母は離婚し、現在は新宿の小さなバーで働いているようだ。渉兄さんはフェイクニュースを使ってお金を騙し取った詐欺罪で、現在拘置所にいると知らされた。私たちを脅すだけでなくほかにも罪を重ねていたらしい。

伯父家族がバラバラになり、気持ちはスッキリしたわけではないが、三人がこれからはせめて穏やかに過ごせればいいと思う。

「芹那? 寒いから早く行こう」

蒼さんは楓真を抱き上げていた。父親に抱かれて楓真は喜んで手を叩いている。

「あ、はいっ」

蒼さんの隣に並んで、楓真のずれたニット帽を整える。

「楓くん、ひいおじいちゃんと、ひいおばあちゃんに、『こんにちは』してね」

ここに連れてきてもらったのが去年の三月だなんて信じられない。まだ二年経っていないのだ。

長い時間が経ったような感覚だった。

「蒼さん、またここに来られてうれしいです。忙しいのにありがとう」

「俺も教授に話をしたかったし、芹那が望むのならいつでも来よう」

「ふふっ、息子にも甘いけど、私にも甘いんですね」

「もちろんそうだが、比較にならないな。君は愛する妻だから。息子はいつか離れていくが、俺たちは死が分かつときまで一緒だ。これからも君には甘い夫でいると誓う」

「蒼さん……私も……」

彼は楓真を抱きながら、顔を落として私の唇に重ねた。

END

特別書き下ろし番外編

ふたたびニューヨークへ

母方の両親のお墓参りを済ませた私たちは、レンタカーでニューヨークへ向かった。行き先はリバティ島にある自由の女神だ。

「また自由の女神が見られるなんてうれしいわ。しかも今度は楓真が一緒だもの」

運転席の蒼さんに後部座席から声をかける。

私の隣にはチャイルドシートに座る楓真が眠っている。

「ああ。まさか二年後に家族で来られるなんて、ふたりで訪れたときは思わなかったな」

三日前にフィラデルフィアに到着し、蒼さんは私と楓真を連れてまずはもとの職場に挨拶をしに行った。そこで私はドクターパウエルの孫で妻だと紹介された。

蒼さんからも話は聞いていたけれど、祖父がどんなに偉大な医者だったかが知られてうれしかった。

レディング・ターミナル・マーケットへ行き、食べ歩いたり、ドーナツを購入したりと楽しい時間を過ごして、もちろん祖父母への供養花も買った。

墓地へ向かう途中ではあのレストランでも食事ができ、二年前と同じ味を堪能した。楓真もフレンチトーストが好きなようで、いつもよりもたくさん食べていた。

食事を堪能したあとはリバティ島へと航行するフェリー乗り場に向かい、公園のパーキングに車を止めた。

「蒼さん、お疲れさまでした」

「芹那は変わらないな。いつも労いの言葉をかけてくれる」

「だって、こうして楽しい時間をつくってくれたのは蒼さんだし、私は運転ができないので、せめて言葉だけでもと」

そう言いながら、車で眠った楓真を抱っこするためにベビーキャリーを手にする。

運転席から降りた蒼さんは後部座席のドアを開けて体を入れる。

「芹那、それを貸して。俺がおんぶしていく」

「でも……」

「もう十キロを超えているだろう。ほら、貸して」

蒼さんように紐を調整して、ぐっすり眠っている楓真にダウンを着せてから持ち上げる。

楓真は蒼さんの背中に収まり、ズボンから素足が出ないように裾を引っ張る。

「これでいい」

「いつもは抱き上げたらすぐに起きるのに。こんなときに眠っているなんて」

「旅行に来て不規則だし、疲れているんだろう。じゃあ、行こうか」

車のドアをロックした蒼さんと並んで、フェリー乗り場へ歩を進めた。

フェリーに乗ってリバティ島へ上陸し、ビジターセンターへ入ったのち、自由の女神の台座まで行く。

「懐かしい……」

「ああ。ここで君は無邪気に写真を撮っていたな」

「離れていたときも、ここで撮った写真をいつも見ていました」

「俺もだ。家族三人で来られるなんて二年前は思ってもみなかった」

笑みを交わし、背伸びをして愛息子を見る。

楓真は父親の背中に頬をつけてぐっすりだ。

「大きな背中で安定感もあるから気持ちよさそうですよ」

「揺れが気持ちいいのかもな」

楓真の頬にそっと触れてから、蒼さんはにっこり笑う。

海の向こうのマンハッタンの摩天楼が目に入る。

「お天気もいいので、最高の景色ですね」

自由の女神を仰ぎ見る。

「前に来たとき、いつか体力をつけてクラウンまで上りたいと思ったんです。今は、三百段以上上るなんてできないし、楓真もいるからだめですけど」

「身長制限があるからな。楓真がそれに達したとき三人で来よう」

「ふふっ、子どもは楓真だけじゃないかもしれないですよ」

祖母を亡くしてからは寂しい年月を過ごしていたので、賑やかで温かい家族にしたいと思っている。だから、子どもは多い方がいい。

「たしかにそうだな。じゃあ、家族全員が上れるようになったら実現させよう」

「約束ですよ。いつかみんなで。楽しみです」

「喜ぶ芹那が俺の一番の活力だ。これからも君を喜ばせられるのならなんでもしよう」

「蒼さん……」

私に寛大な旦那様は顔を傾け、そっと唇を重ね合わせる。

「ママ～」

楓真の声にハッとなって、夫から離れて背後へ行く。

「おっきしたのね」

「うん！」

たっぷり寝てスッキリしたのか、楓真は両足をバタバタさせる。

蒼さんが「おいおい」と、愛息子のお尻をポンポンと叩く。

父親の背中にいるのがおもしろいのか奇声を発し、蒼さんがやれやれといった顔になる。

「さてと、楓真を遊ばせようか」

彼がベルトを外して愛息子を地面に下ろし、ベビーキャリーを足から外した途端、小さな体は走り出す。

「おい、楓真」

蒼さんが足早に追い、すぐに楓真の手を掴んだ。

それからこちらへ振り返る。

蒼さんは私が見えるように楓真を抱き上げ、掴んだ手を振らせる。

「芹那」

「ママ〜」

「はーい」

ふたりの笑顔が素敵で、彼らにスマホを向けた。また大事な一枚になるだろう。

END

あとがき

このたびは『内緒でママになったのに、一途な脳外科医に愛し包まれました』をお手に取ってくださりありがとうございました。

あっという間に、二〇二四年二月になってしまいました。

皆様、今年もどうぞよろしくお願いします。


さて、今回の書籍は以前、ベリーズカフェサイトにて『若菜モモ♡サロン』という企画をしていただいたのですが、そこで皆様にどんなヒーローが好みなのか、どんなシチュエーション、どんな職業がいいか、等々アンケートがありまして、お答えしてくださった皆様のご意見をもとに書かせていただいた作品になっています。

やはりドクターは人気でした。

ということで、今作のヒーローは脳外科医に決定です！

皆様のお声に感謝申し上げます。

今回も大好きな海外を入れました。

ニューヨークはおなじみかと思いますが、ヒーローの蒼が勤めていたのがフィラデルフィアの大学病院。作品に登場させるのは初めての場所で、楽しく書けました。ヒロインの芹那がレディング・ターミナル・マーケットで食べたサンドイッチが食べたくなりました。

外国で食べるその土地ならではの料理はワクワクします。毎回言っておりますが、そこにいるようなヒロイン目線で読んでくださるとうれしいです。

可愛いベビーとかっこいい蒼、初々しい芹那を描いてくださった南国ばなな先生ありがとうございます。またお気に入りのイラストが増えました。

この本に携わってくださいましたすべての皆様にお礼申し上げます。

二〇二四年二月吉日

若菜《わかな》モモ

若菜モモ先生への
ファンレターのあて先

〒104-0031
東京都中央区京橋1-3-1
八重洲口大栄ビル7F
スターツ出版株式会社　書籍編集部　気付

若菜モモ先生

本書へのご意見をお聞かせください

お買い上げいただき、ありがとうございます。
今後の編集の参考にさせていただきますので、
アンケートにお答えいただければ幸いです。

下記URLまたはQRコードから
アンケートページへお入りください。
https://www.berrys-cafe.jp/static/etc/bb

ベリーズ文庫

内緒でママになったのに、
一途な脳外科医に愛し包まれました

2024年2月10日　初版第1刷発行

著　者　若菜モモ
©Momo Wakana 2024

発行人　菊地修一

デザイン　hive & co.,ltd.

校　正　株式会社文字工房燦光

発行所　スターツ出版株式会社
〒104-0031
東京都中央区京橋1-3-1　八重洲口大栄ビル7F
TEL　03-6202-0386（出版マーケティンググループ）
TEL　050-5538-5679（書店様向けご注文専用ダイヤル）
URL　https://starts-pub.jp/

印刷所　大日本印刷株式会社

Printed in Japan

乱丁・落丁などの不良品はお取替えいたします。
上記出版マーケティンググループまでお問い合わせください。
定価はカバーに記載されています。

ISBN 978-4-8137-1539-9　C0193

ベリーズ文庫 2024年2月発売

『内緒でママになったのに、一途な脳外科医に愛し包まれました』　若菜《わかな》モモ・著

幼い頃に両親を亡くした芹那は、以前お世話になった海外で活躍する脳外科医・蒼とアメリカで運命の再会。急速に惹かれあうふたりは一夜を共にし、蒼の帰国後に結婚しようと誓う。芹那の帰国直後、妊娠が発覚するが…。あることをきっかけに身を隠した芹那を探し出した蒼の溺愛は蕩けるほど甘くて…。

ISBN 978-4-8137-1539-9／定価759円（本体690円＋税10%）

『スパダリ職業男子～消防士・ドクター編～【ベリーズ文庫溺愛アンソロジー】』　伊月《いづき》ジュイ、田沢《たざわ》みん・著

2ヶ月連続！　人気作家がお届けする、ハイスペ職業男子に愛し守られる溺甘アンソロジー！　第2弾は「伊月ジュイ×エリート消防士の極上愛」、「田沢みん×冷徹外科医との契約結婚」の2作品を収録。個性豊かな職業男子たちが繰り広げる、溺愛たっぷりの甘々ストーリーは必見！

ISBN 978-4-8137-1540-5／定価770円（本体700円＋税10%）

『両片想い政略結婚～執着愛を秘めた御曹司は初恋令嬢を手放さない～』　きたみ まゆ・著

名家の令嬢である彩菜は、密かに片想いしていた大企業の御曹司・翔真と半年前に政略結婚した。しかし彼が抱いてくれるのは月に一度、子作りのためだけ。愛されない関係がつらくなり離婚を切り出すと…。「君以外、好きになるわけないだろ」――最高潮に昂ぶった彼の独占欲で、とろとろになるまで愛されて…!?

ISBN 978-4-8137-1541-2／定価748円（本体680円＋税10%）

『冷血警視正は孤独な令嬢を溺愛で娶り満たす』　一ノ瀬千景《いちのせちかげ》・著

大物政治家の隠し子・蛍はある組織に命を狙われていた。蛍の身の安全をより強固なものにするため、警視正の左京と偽装結婚することに！　孤独な過去から愛を信じないふたりだったが――「全部俺のものにしたい」愛のない関係のはずが左京の蕩けるほど甘い溺愛に蛍の冷えきった心もやがて溶かされて…。

ISBN 978-4-8137-1542-9／定価759円（本体690円＋税10%）

『孤高のエリート社長は契約花嫁への愛が溢れて止まらない』　橘樹杏《たちばなあんず》・著

リストラにあったひかりが仕事を求めて面接に行くと、そこには敏腕社長・壱弥の姿が。とある理由から契約結婚を提案してきた彼は冷徹で強引！　断るつもりが家族を養うことのできる条件を出され結婚を決意したひかり。愛なき夫婦のはずなのに、次第に独占欲を露わにする彼に容赦なく溺愛を刻まれていき…!?

ISBN 978-4-8137-1543-6／定価737円（本体670円＋税10%）

ベリーズ文庫　2024年2月発売

『ご懐妊!!　新装版』

砂川雨路《すながわあめみち》・著

OLの佐波は、冷徹なエリート上司・一色と酒の勢いで一夜を共にしてしまう。しかも後日、妊娠が判明！　迷った末に彼に打ち明けると「結婚するぞ」とプロポーズをされて…!?　突然の同棲生活に戸惑いながらも、予想外に優しい彼の素顔に次第にときめきを覚える佐波。やがて彼の甘い溺愛に包まれていき…。

ISBN 978-4-8137-1544-3／定価499円（本体454円＋税10%）

『結婚前夜に殺されて人生8回目、今世は王太子の執着溺愛ルートに入りました!?～没落回避したいドン底令嬢が最愛妃になるまで～』

瑞希《みずき》ちこ・著

伯爵令嬢のエルザは結婚前夜に王太子・ノアに殺されるループを繰り返すこと7回目。没落危機にある家を救うため今世こそ結婚したい！　そんな彼女が思いついたのは、ノアのお飾り妻になること。無事夫婦となって破滅回避したのに、待っていたのは溺愛猛攻の嵐！　独占欲MAXなノアにはもう抗えない!?

ISBN 978-4-8137-1545-0／定価748円（本体680円＋税10%）